クソフォニー

外へ出る旅

多和田葉子

岩波書店

初めに

言葉をめぐって、世界は常に動いている。その動き全体を把握するのは、太平洋を泳ぐあらゆる種類の魚の動きを同時につかめと言われるのと同じで、ほとんど不可能に近い。初めは「移民文学」「越境」「クレオール」「マイノリティ」「翻訳」などのキーワードを網にして、魚の群れを捕まえようとしてみた。それがどういうわけか、なかなかうまく行かない。そこで、今度は、自分が魚になって、いろいろな海を泳ぎ回ってみた。すると、その方が書きたいことがうまくまとまって捕らえられることに気がついた。そういう書き方の方が、いつも旅をしているわたしの生活には相応しい。というわけで、本来は抽象名詞の占めている場を、町の名前が埋めることになった。わたし自身も魚なのだから、魚らしく海を泳ぎ歩いて、様々な土地の言語状況を具体的に鱗で感じとるのが一番いい。その感触を自分がそれまで読んだことや考えたことや人から聞いた話と照らし合わせながら、この本を書き進めてみることにした。

目 次

第一部　母語の外へ出る旅

1　ダカール　Dakar

エクソフォニーは常識

　二〇〇二年十一月、セネガルのダカール市で開かれたシンポジウムに参加した。主催はゲーテ・インスティテュート(ドイツ文化会館)とベルリンの文学研究センターで、ドイツからは作家や学者が招待され、セネガルの作家たちと言葉を交わすことになった。わたしもドイツ語で創作活動をしている作家として招待された。「エクソフォンな作家」という言葉を、今回のシンポジウムを中心になって企画した研究者ロベルト・シュトックハンマーの口から初めて聞いた。これまでも「移民文学」とか「クレオール文学」というような言葉はよく聞いたが、「エクソフォニー」はもっと広い意味で、母語の外に出た状態一般を指す。外国語で書くのは移民だけとは限らないし、彼らの言葉がクレオール語であるとは限らない。世界はもっと複雑になっている。この時にダカールにドイツ語圏から招待されてきた作家たちを見ても、その複雑さが分かる。ギリシャ出身のエレニ・トロッシーとわたしはドイツへの移住者なので、まあ広い意味で「移民」とも言えるかもしれないが、マヤ・ハデラップはオーストリアの国内で生まれ育ったスロベニア人であり、移民ではない。それでも幼年時代はほとんどスロベニア語だけを聞いて過ごした。もちろん現在のオーストリアではそのようなことはありえないが、四十年前にはまだ国内に閉じられたマイノリティの言語空間があったということになる。両親はドイツ語が話せたが、いつもスロベニア語を話す祖母といっしょに時間を過ごした彼女は「母語」が「祖母語」だったと言う。

その他には、スイス人の作家フーゴー・ロッチャーが来ていて、四ヶ国語を公用語とするスイスの言語政策や、スイスの話し言葉と標準ドイツ語がかなり違うということがスイス文学にとってどういう意味を持つか、などについて話した。移民ともクレオールとも関係なく母語の外に出る状況は世界中に散在するのだ。

旧フランス植民地であるセネガルではつい最近まで、本を書くと言えば、フランス語で書くのが普通だった。だから、セネガルの作家は、自分が生まれ育った土地で暮らし続けながら外国語で書くことになる。口承文学ならもちろん土地の言葉だが、書かれた文学も重要視されるようになってくると、初めはフランス語で書くしかなかった。しかし、セネガルの作家の書くフランス語がクレオールだというわけではないし、ましてピジンではない。わたしがセネガルの作家のフランス語の特徴について質問しようとしたら、ベルリンから来た若い研究者ディルク・ナグシェフスキーが、「その質問は嫌われる。ほとんどの作家は「模範的」なフランス語を書いていて、「いかにも西アフリカらしいフランス語だ」と言って誉められることを極度に嫌う」と教えてくれた。そういうものか、とわたしは驚いた。おそらく、少しでも古典的模範とは違った言葉はすべて「奴隷」の言葉、あるいは現代で言えば「労働者」の言葉だと信じている人が多いので、誤解を避けるにはまず「これは模範的フランス語だ」と強調するという手続きが必要なのだろう。しかし、彼らに教養があり、しかも複数文化の中で生きているからこそ、フランスにはないフランス語が生まれて来るに違いない、とわたしならすぐに考えるのだが、それは、ピジンでもクレオールでもなく、アーチスト個人の作品としての突然変異言語だ。

つい最近までセネガルでは、学校へ行って読み書きを習うというのは、フランス語を習うということで、ウォロフ語など土地の言葉は、長い間、文字化されることがなかった。わたしが「フランス語はできない」と言うと、すごく変な顔をされた。それは、世の中にはフランス語のできない作家というのも存在するのか、という驚きだったのかもしれない。フランス語ができないということは大抵の場合、読み書きができないということと同じなのだから。

ところが、「書かれた言語」イコール「フランス語」、というイメージが定着していたセネガルでも、数年前からウォロフ語で書かれた小説が出版され始め、売れないだろうという周囲の予想を裏切って確実に読者を増やしている、というある編集者の報告があった。

愉快なのは、英語で小説を書くセネガル人作家まで現れたことだ。ゴルギ・ディエンという作家の書いた『暗闇から跳び出す』という本についての発表があった。英語は国際語だと思っている人が日本にはいるかもしれないが、セネガルでは英語など単なるヨーロッパ語の一つに過ぎず、国際語はフランス語である。フランス語のできないわたしは、ダカールを離れてサン・ルイに旅行した時も、ホテルの受付や車の運転手に英語が全く通じないので、フランス語の上手なドイツ人に同行してもらった。とにかく、セネガル人には英語で小説を書く理由は全くない。しかし、歴史によってフランス語で書くことを強制されていた過去に抗議する時に、自分の母語に帰還するのではなく、個人の選択の自由を最大限に利用して、全然別の言語を選ぶという態度に、清々しいものを感じもした。ルーツを求めるのではなく、より遠い異界に飛び立つ独立運動ということならば、ちょっと面白い。

もちろん、英語を選ぶ場合は、読者が増えるかもしれないという計算もあるだろう。そういう意味では、英語で書くことにあまり個人の自由選択の香りは感じられないかもしれないが、その分、「より多くの人に読まれるということだけが目的なら、もはやフランス語は忘れて英語にするべきでは？」という問いをセネガル社会に突き付けているようで問題提起にはなる。

それにしても、エクソフォニーという言葉は新鮮で、シンフォニーの一種のようにも思えるので気に入った。この世界にはいろいろな音楽が鳴っているが、自分を包んでいる母語の響きから、ちょっと外に出てみると、どんな音楽が聞こえはじめるのか。それは冒険でもある。これは「外国人文学」とか「移民文学」などという発想と似ているようで、実は正反対かもしれない。「外から人が入って来て自分たちの言葉を使って書いている」という受けとめ方が「外国人文学」や「移民文学」という言い方に現れているとしたら、「自分を包んでいる(縛っている)母語の外にどうやって出るか？　出たらどうなるか？」という創作の場からの好奇心に溢れた冒険的な発想が「エクソフォン文学」だとわたしは解釈した。母語ではない言葉で書くことになったきっかけがたとえ植民地支配や亡命などにあったとしても、結果として生まれてくるものが面白い文学であれば、自発的に「外へ」出て行った文学と区別する必要はないのではないか。ここ十年ほど、ドイツで活動している亡命作家たちと話しているうちに、わたしにはそう思えてきたのである。住んでいた国を去らなければならなかったことは悲劇であるが、そのために新しい言語と出逢ったことは悲劇ではない、と言う人が多い。

旧植民地についても似たようなことが言えるのかもしれないとわたしは思った。植民地支配は微塵も正当化できないが、「ころんでもただでは起きない」したたかさで、ころんだ時に摑んだフランス語という泥で作品を作り上げてもいいのではないか。しかも、シュトックハンマー氏に言わせれば、すべて創作言語は「選び取られたものだ」ということになる。運命のいたずらで他所の言葉を使わなければならなくなった作家だけが例外的に言語を選択しなければならなくなるのではない。一つの言語しかできない作家であっても、創作言語を何らかの形で「選び取って」いるのでなければ文学とは言えない。エクソフォン現象は、母語の外に出ない「普通」の文学に対しても、どうしてその言語を選び取ったのか、というこれまでは問われることのなかった問いを突き付けることになる。

このシンポジウムでは、何度か熱い議論が交わされることがあった。たとえば、三十年前にダカール市に住み着いたフランス人の文学研究者で、母親が子供の世話をするようにセネガル人の作家たちを熱愛し援助している女性がいた。好意に溢れているのは分かるのだが、「でもあんたたち、フランス語を乱さないように気をつけて書かないと、あれはやっぱりアフリカ人のフランス語(これに当たる差別語がある)だと言われて馬鹿にされるだけだから頑張ってよ」というメッセージが言葉の端々ににじみ出ているのが、通訳を介して聞いているわたしにさえはっきり分かった。質疑応答の時に、ディルク・ナグシェフスキーが、その点を批判した。フランス語をどのように使うかはセネガルの作家の全くの自由であって、研究者には自分の母語がフランス語だというだけの理由で、それを「よい」フランス語か「わるい」フランス語か判断する資格など全くない、という発言だった。

ドイツにも、日本ほどではないが、ドイツ語が母語だというだけでドイツ語に対して決定的所有権を持っていると信じている人は時々いる。ゲーテの書いたドイツ語が優れたドイツ語で、クライストのドイツ語はそれに劣り、移民文学のドイツ語はそれにも劣る、と単純に信じている人もいる。それは、文学にあまり深く関わったことのない人間が、たとえば、簡単そうに見える単語や構文を選択するのは幼稚だと思い込んでいたり、見慣れない構文を見ると悪文だ、とすぐに思ってしまう、というようなよくある現象なのだが、作家が母語を同じくする人間だと遠慮して何も言わないのに、作家が「外国人」だと安心して自分のナイーブな見解を披露してしまったりする。場合によっては、自分は小説が本当に好きなのに現代文学をめぐるややこしい言説から疎外されていると感じている人間が、劣等感とヒューマニズムに突き動かされて、移民文学に飛びつく例もある。そういう場合もやはり、自分が庇護し、悪い方向に行かないように気をつけてあげることのできる対象として移民文学を見ているのだろう。

日本にはまだジャンルとして話題にされるほど移民文学は存在しない。祖先が中国や朝鮮出身であるという作家はもちろんたくさんいるし、彼らは日本語文学の主流なので「マイノリティ」などという概念とはずれるが、日本に移住してきて母語ではない日本語で創作する作家というと、リービ英雄とデビット・ゾペティくらいしか思い浮かばない。つい最近までは日本語を母語としない人間が日本語で小説を書くことはありえないと信じていた日本人もたくさんいた。そのことは、リービ英雄もエッセイに繰り返し書いている。

ある言語で小説を書くということは、その言語が現在多くの人によって使われている姿をなるべく真似するということではない。同時代の人たちが美しいと信じている姿をなぞってみせるということでもない。むしろ、その言語の中に潜在しながらまだ誰も見たことのない姿を引き出して見せることの方が重要だろう。そのことによって言語表現の可能性と不可能性という問題に迫るためには、母語の外部に出ることが一つの有力な戦略になる。もちろん、外に出る方法はいろいろあり、外国語の中に入ってみるというのは、そのうちの一つの方法に過ぎない。

外国語で創作するうえで難しいのは、言葉そのものよりも、偏見と戦うことだろう。外国語とのつきあいは、「上手」「下手」という基準で計るものだと思っている人がドイツにも日本にもたくさんいる。日本語で芸術表現している人間に対して、「日本語がとてもお上手ですね」などと言うのは、ゴッホに向かって「ひまわりの描き方がとてもお上手ですね」と言うようなものでとても変なのだが、まじめな顔をしてそういうことを言う人が結構いる。創作者が外国人だと、急に、「上手」「下手」という基準で見てしまうらしい。

日本人が外国語と接する時には特にその言語を自分にとってどういう意味を持つものにしていきたいのかを考えないで勉強していることが多いように思う。すると、上手い、下手だけが問題になってしまう。そうなってしまう歴史的背景もあるだろう。特に英語やフランス語など西洋の言語は、日本社会の内部での階級差別の道具として使われてきた。英語が下手だと入試に落ちて一流大学に行けないというだけのことではない。もっと漠然とした「階級意識」の演出に外国語が使われることが今でもある。最近日本のマンガを読んでいたら「このフレンチ・レストランはメニューもすべてフランス語のみ、高級な客しか相手にしない」という文章があった。外国語を習うこと、留学するということは「高級に」なること、つまり普通の人と差をつけて、国内で階級を上へ這い上がるという象徴的な意味を持っているらしい。しかも、誰が上手で誰が下手かということが確実に言えるということは、それを決定する権威が自分たちではなく、どこか「外部の上の方」にあるということである。その権威は日本で抽象化された「西洋人」の偶像であり、その権威が、自分の言葉が「上手」かどうかを決めてくれる、という発想である。それは家元制度的な発想と言うよりは、むしろ植民地的な発想だと言えるだろう。なぜなら、家元制度では師匠は組織の内部の人間だし、抽象化された偶像ではなく一応血の通ったひとりの人間だからだ。抽象化された「西洋人」を権威機関として崇めるということは、具体的な西洋出身の個人を無視するということにもなる。実際に生きている生身の西洋人は、トルコ系ドイツ人、韓国系ドイツ人、インド系イギリス人や、ベトナム系フランス人、アフリカ系アメリカ人、日系アメリカ人などいろいろな人たちから成り立っているが、そういう多様性があっては、「西洋」が差別の機械として機能しないので、生身の西洋人は無視し、自分の頭に思い描いている「西洋人」像を保持するというような状況が、ごく最近まで日本にあったような気がする。

もう二十年以上も前になるが、まだ日本に住んでいた頃、アテネ・フランセで「車に轢かれた犬」という映画を見た。日本で暮らす西アフリカから来た日本文化研究者の話だが、彼は、日本に住んでいるフランス人たちには「アフリカには餓死している人がいるのに君は日本学なんかやっていていいのか」と言われ、飲み屋では酔っぱらった日本人に「アフリカでは人の肉を食うって本当ですか？」と聞かれ、かっとなってテーブルをひっくり返してしまう。フランス語を教えるアルバイトをしようとして広告を出すと、希望者の若い日本人女性が家に訪ねて来るが、彼がアフリカ人であるのを見ると驚いて走って逃げて行ってしまう。このシーンは、日本人が「フランス語」というものに背負わせている屈折した願望と、劣等感から来る自覚症状のない不安を鋭く照らし出しているように思った。

「自分たちはアフリカと同じくヨーロッパ人が勝手に野蛮人と見なしていたアジアの人間であるが、今は金持ちになったので、そのお金で高い授業料を払ってフランス語を習うことで、野蛮人ではないことを再確認したい」と無意識に思っているのに、よりによって野蛮人と思われ続けた被害者の代表とも言えるアフリカ人がフランス語の教師として姿を現したので、あわてて逃げていったのだろう。これはつまり、日本人はヨーロッパの野蛮観をなぜかそのまま受け入れてしまったということになる。このような妙な劣等感は、経済成長によって隠蔽されはしたが、消えてなくなったわけではない。日本人が野蛮人ではない理由は、革靴だけが文明なのではなく足袋も文明なのだという単純な理由からなのだが、そういう考察は省略されてしまって、日本人はお金を持っているから野蛮人ではない、という変な形で傷を癒そうとしていた時代に、わたしはまさに生まれ育ったことになる。わたしがドイツに移住した一九八〇年代には、ヨーロッパで高級品を買い漁ったり、高級レストランに行くのが日本人ばかりであることを中年以上の日本人自身が変に強調したがったのは、それで潜在的劣等感の巻き起こすストレスが解消されたからだろう。泡立つバブルの泡銭を使って贅沢して楽しんだというなら分かるが、そうではなくて、その買い物熱には、怨みを金で晴らすというような攻撃性が感じられた。その結果、ヨーロッパ中心主義を外から見て無力化するチャンスを逃してしまっただけでなく、ヨーロッパ文明を消費者の文明としてのみ捉え自分たちをその一部であるという考え方が一般化し、歴史が消しゴムのカスになって机の下に払い捨てられてしまったような気がする。たとえば、最近の日本人は「アジアに行く」などと言う。わたしなどは「え、どういう意味？」と驚くが、彼らにとって「アジア」には日本が入っていないから、この言い方はおかしくないのだそうだ。アジアを地理的、歴史的に捉えず、経済的な単位として捉えているらしい。

日本の劣等感を取り上げるのは時代錯誤で、今の人はそのようなことは問題にしていない、と言う人がよくいる。フランス語を学ぶのは単に楽しいから、パリに行くのは買いたいものがあるから、フランス料理を食べるのは単に美味しいから。それだけのことで、もう劣等感も怨みもどこにもない、何も難しいことなど考える必要はないのだ、と。でも、ヨーロッパ中心主義と日本のねじれた国粋主義の問題は、乗り越えられたかのように見えるだけで、実際には手つかずのまま一万円札の下に埋まっていたような気がする。経済危機の時代が、それらの問題について考え直すいい機会になれば、バブルもはじけがいがあったというものだと思うが、なかなかそうもいかないようだ。バブルがはじければ今度は、フランス語などの「外国語」は単なる飾りであり贅沢品だからやめて、本当のビジネスに役立つ英語だけやっていればいい、という方針に無反省に移行してしまう傾向が出てくる。それで、日本の大学は英語以外の外国語教育の予算をどんどん削っているらしい。

外国語をやることの意味について本気で考えなければ、外国語を勉強することによって逆に国の御都合主義にふりまわされ続けることになってしまう。セネガルからの帰りの飛行機の中で、エール・フランスの出してくれた美味しいお菓子を食べながら、わたしはそんなことを考えていた。

2　ベルリン Berlin

二〇〇二年十一月末、ベルリンで、ドイツ後期ロマン派の作家ハインリッヒ・フォン・クライストの定例学会があった。クライストは十九世紀文学研究者の中では、わたしが特に好きな作家の一人でもある。ハンガリー人の若いドイツ文学研究者の提案で、学会の最後の晩に、クライストの翻訳について、フランス、ハンガリー、日本から人を呼んでパネル・ディスカッションをやることになった。なぜこの三ヶ国かと言うと、クライストの翻訳は、全集という形ではこの三ヶ国でしか出版されていないからである。たとえば英語のクライスト全集などは存在しない。

不幸にして資金が足りず、日本からは人を呼ぶことができなかったそうで、代わりに専門ではないけれど「地元」の愛読者のわたしが、日本で出た全集とクライスト翻訳史について簡単に発表するように頼まれた。その機会に現在出回っている邦訳だけでなく、鷗外の訳した「聖ドミンゴ島の婚約」(鷗外訳の題は「悪因縁」)と「チリの地震」も読み、その他の文献にも少し目を通してみた。

当時の日本の外国語教育や翻訳事情について読んでいると、鷗外がドイツ語をやったということとわたしたちがドイツ語をやるということの間には大きな違いがあることに気がつく。明治維新直後、日本がヨーロッパから積極的に講師を招いて大学で講義してもらい、直接ヨーロッパの言語、技術、自然科学を取り入れようとしていたことはよく知られている。今と違って日本語のテキストもほとんどなく、教えられる日本人講師もほとんどいなかったのだろうが、それにしても、たとえば東大医学部の授業はドイツ語だったというから、その意気込みは今とは違う。そっくりまるごと飲み込んで、それを自分の未来にしようという悲壮な覚悟が感じられ、その意気込みには頭が下がる。同時に、「西洋」を相対的に見ることのできる時代、女の子も普通にドイツ語を勉強できる時代に生まれたことをありがたく思う。ちなみにわたしの通っていた都立高校は昔は旧制第二中学校と言って、当時はドイツ語が第一外国語で、もちろん男子校だった。戦後は男女共学になったが、第二外国語の選択肢としてドイツ語は残った。そこでドイツ語を習ったのがわたしのドイツ語との初めての出会いだった。早稲田大学の文学部に入ってからはロシア文学を専攻したが、早稲田の語学研究所でドイツ語を続けることができた。

森鷗外という人は結構アンビヴァレントなところのある人だったかもしれないと改めて

感じた。日本がプロイセンを手本に富国強兵の道をまっしぐらに進んでいる時代に、日本近代化のシナリオの登場人物になりきってドイツに留学し、衛生学などを勉強した反面、「文明開化」つまり「西洋化」に対してユーモラスで皮肉な距離を失わなかった。当時の軍人あるいは留学生には、どのくらいそういう余裕のある人がいただろう。ベルリンでは他の日本人たちのかたまって住んでいた地区から離れて、今、森鷗外記念館のあるルイーゼ通りに越したというから、他の遊学族たちとは意見の食い違う部分がたくさんあったかもしれない。

鷗外に「大発見」という面白い作品がある。日本からベルリンに着いたばかりの主人公が公使に挨拶に行くのだが、相手が自分を「椋鳥」、つまり都会に出て来た田舎者と見て馬鹿にしているらしいのを肌で感じる。公使の頭の中で西洋と日本が、都会と田舎の構図でとらえられているらしいことが分かる。その公使に「君は何をしに来た？」と聞かれ、「衛生学を修めて来いということでございます」と答えると、「なに衛生学だ。馬鹿なことを言い付けたものだ。足の親指と二番目の指との間に縄を挟んで歩いていて、人の前で鼻糞をほじる国民に衛生も何もあるものか」と言われ、それ以来、ヨーロッパ人は本当に鼻糞をほじらないのだろうか、という疑問が頭から離れない。留学中、そのことがずっと頭のどこかで気になっているのである。ハンカチで鼻をかみ、その時に鼻糞も押し出し、そのハンカチをポケットに入れる方が非衛生的ではないか、などとも考えてみる。このような考え方は、現在ならドイツ人の口からでも聞けるが、当時は鷗外はたった一人で、文明開化ではなくて文化比較のようなものの可能性を探っていたのかもしれない。結局、この作品の主人公はある日、ヨーロッパの小説の中に鼻糞をほじる描写を見つけて狂喜する。この発見こそ、華やかな科学者の発見とは縁のない自分の成し遂げた唯一の「発見」だ、という結論に達するユーモラスな作品だが、「衛生」という神話をほぐす重要な作品だと思う。清潔さは神話化され、文明を計る物差しとして利用され、差別の道具にもなる。ナチスの思想に利用されたエセ学問に「優生学」や「人相学」があるが、「衛生学」もちょっと危ない。

日本人は足の親指と他の指の間に藁をはさんで歩くのをやめてしまった。つまり、草鞋《わらじ》とか草履《ぞうり》とかいうものを履かなくなった。現代の日本人は、その変化を自然な時代の歩みだったように感じている。人間が作っていく歴史、自分の責任で作られていく歴史というものがあるのではなく、「時の移り変わり」という自然現象があるように感じている人が多い。オタマジャクシが放っておいてもカエルになっていくように、草鞋を放っておくと勝手に靴に変身していくということだろうか。でも、鷗外を読んでいると、そうではなく、西洋が圧倒的に強く、日本が植民地化されてしまうかもしれないという大変な世界情勢のもとで、国が自らの身体に強いて靴を履かせたのだという感じが伝わってくる。そうしなければ文明国と認められず、それを理由に不平等な契約を結ばされたまま、半植民地的な状態が続いてしまう。それでは困るので、男女混浴、裸で外に出ること、同性愛など、アメリカにとって非文明的であることが軽犯罪法によって禁止され、日本の社会から姿を消していった。自然になくなっていったのではなく、人間がやったことだ。しかし、それはアメリカのせいではない。鷗外のこの作品に出てくる公使に象徴されるような考え方が、日本人自身の意識の中に生まれていったことの方が問題なのだ。公使の態度を描いたほんの小さな描写が、歴史書や歴史小説以上に「歴史の手触り」のようなものを伝えてくれた。

わたしが小学校に通っていた六〇年代は明治維新からは随分時間がたっているのだが、鷗外を読んでから振り返ってみると、確かに衛生を制度として定着させようとする試みがまだ進行形だった。毎日、ハンカチ、ちり紙を持っているか、爪を切ってあるか検査するなどというのも、又、「石鹸で手を洗おう」などという歌をうたわされたのも、「一等国」になろうと必死だった日本の西洋化時代の余韻だったのか、と思うと、わたしも植民地で育った野蛮人としての幼年時代を語る作家になれそうな希望が湧いてくる。反抗して手を洗わなかったのならいいが、国の政策に従って素直に手を洗ったところがいかにも植民地の子供らしい。セネガルに住むヨーロッパ人たちが「料理女たちは、手を洗うように毎日言わなければ洗わない」などとパーティの時にこぼしていたが、それと似た、いかにも植民地的な会話が明治維新の頃、日本に滞在していた西洋人の間でも交わされていたに違いない。

他人の衛生観などは無視して、自分の衛生観を作り上げればいいのだが、谷崎潤一郎の『陰翳礼讃』など数少ない試みを例外として、大抵の日本人は「西洋的だから正しい」衛生観をノイローゼになるほど徹底させることで西洋に追いつき追い越そうと必死に努力してきたのだろう。その結果、今では日本ほど道路や空港の床の綺麗な国はないし、逆に身体の洗い過ぎで病気になるようなところまで行きついている。ドイツのテレビでは「日本人の眼から見たら、わたしたちの身体の洗い方などはあまりにも不徹底で、不潔と思われてしまうかもしれません」などと言って逆の神話を作っているのを耳にしたこともある。しかし、これを聞いて明治維新の傷を癒しても、衛生神話の犠牲者であり続けることに変わりはない。女性への偏見と戦ってやっと出世した女性が「君は男勝りだ」と言われても少しも嬉しくないのと同じことだ。逆に、後からとめどもない疲労感と自己嫌悪に見舞われて、鬱状態に陥るかもしれない。それだけならばいいが、急にこれまでのストレスが爆発して、国粋主義に走ったりするかもしれない。

いずれにしても、衛生学を日本に取り入れながら、衛生学を批判的に見つめる視線もいっしょに供給してくれた鷗外のエッセイと短編小説の混ざったようなテキストは、わたしにとっては「歴史小説」よりずっと歴史を感じさせてくれる。

それに比べて、鷗外のクライスト訳については、わたしはちょっと不満だった。鷗外がクライストという作家を日本に早々と紹介したことは素晴らしいが、せっかく古典的バランスを揺るがす新しい言語の可能性を切り開いたクライストの文体を、鷗外の翻訳は刈り込んで形を整えてしまっている。たとえばクライストの文章は副文が多く、しかもその副文が情報を追加するという役割をはみ出して、勝手ににょきにょきと生えていく。そこがクライストの魅力でもあるし、この文体は無駄にあるのではなく、内容と切り離せない。「決闘」の初めの長い文章なども原文では、あたかも家系図を再現するようなポーズをとりながら、実は、婚前に正妻との間に生まれた子、浮気の相手との間に生まれたがすでに死んでしまった子、浮気のせいで絶交してしまった異母弟などについての情報が従属文という形でにょきにょき伸びて、結局遺産がどこへ継がれていくのかが分からない複雑な枝運びの樹木を読者の前に描き出してみせる。「O侯爵夫人」冒頭の長い文章も立派に結婚して子供もいる夫人を紹介しながらその夫人が今お腹にいる子供の父親を新聞の尋ね人で探すのだから、それらがたった一つの長い長い文章の中に書かれていることによって、揺るぎないはずの市民家族制度そのものの真ん中にとんでもない穴の開いている感じがよく出ている。もしも文章を短く切って、A（揺るぎない結婚制度）があるのに、B（異常な事件）が起こった、と書いてしまったら、それは全然意味が違ってしまう。文章が長いこと自体に意味があるのである。「チリの地震」の冒頭の文章もまた長く、年代記のように見せかけながら、地震と絞首刑の話が同じ文章の中に無理につめこまれているおかげで、目眩《めまい》のするような同時性が歴史の中に持ち込まれる。それを鷗外訳は、美観を損なう無駄な枝のように切り払ってしまっているのがわたしには残念でならなかった。

もちろん鷗外に限らず、今日でも各国の研究者や文芸評論家や翻訳者が「クライストの悪文」などと偉そうに言っているのを耳にする。そんな時、わたしはあまりにも腹が立って、かっと熱くなった頭を冷やすためにクライストが飛び込んで自殺したベルリンのヴァン湖に飛び込んでしまいたくなる。

文章にはそもそも客観的に正しい長さというものがあるわけではない。長さも短さも表現手段の一つである。クライストの文章を読んでいると、言語そのものの与えてくれる喜びが脳細胞やその他の細胞に直接伝わってくるような気がする。そこから発する震えを吸い取って地震を起こし、歴史のように見えている風景に揺さぶりをかけることのできる文体は悪文ではない。しかし、そういう価値観をわたしが持つことができ、偉そうに鷗外訳を批判しているように見えるのも、ここ百年の間に、いろいろな翻訳論などが紹介され、わたしもそれを読むことができたおかげだと思う。

クライストに期待する内容も現代と明治大正時代では当然変わってきている。一九一一年に出版された雑誌『藝文』のクライスト特集を見ると、クライストを無理にでも強いプロイセンを代表する作家として誉め称えようとして悪戦苦闘している評論家も少なくない。現代では、まさかプロイセンをお手本にするためにドイツ語を習う人はいないだろう。逆にドイツ語をやりながら、プロイセンのどういうところがダメなのか、そしてそれを真似しようとした日本の近代国家はどういうところがダメなのか、などを考える機会は多くなっている。そんな中で、プロイセンから出てプロイセンを壊すクライストの文章を読む楽しみは一層増してくるだろう。

3　ロサンジェルス　Los Angeles

言語のあいだの詩的な峡谷

一九九七年、カリフォルニアのサンタ・モニカの近くにあるヴィラ・オーロラに二ヶ月滞在した。このメキシコ風の美しいヴィラは、第二次世界大戦中、ナチスのユダヤ人迫害を逃れて亡命生活をしていたリオン・フォイヒトヴァンガーのものだった。現在ではドイツに住む画家、映画監督、作家、作曲家などが、仕事のために奨学金をもらって滞在できる施設になっている。すぐ近くにはトーマス・マンが亡命して住んでいた家もある。シェーンベルクなどもよく来ていたこのヴィラの居間には、同じくカリフォルニアに亡命していたベルトルト・ブレヒトの写真が飾ってあった。小説家や音楽家だけでなく、アドルノ、ホルクハイマーをはじめとするフランクフルト社会学協会のメンバーもやはりこの地に亡命していた。

第二次世界大戦中にドイツからアメリカに亡命するのと、戦後、東ヨーロッパの独裁政権や中近東のイスラム原理主義を逃れてドイツに亡命するのと、境遇は似ていないこともない。違っているのは、現代の亡命者のほとんどが当たり前のようにドイツ語で創作を始めることだろう。逆に当時のドイツからの亡命者のほとんどは、アメリカでもドイツ語で創作し続け、戦後はドイツに戻った。

たとえばトーマス・マンがアメリカに亡命していたことは情報としては頭のどこかにあったが、彼の作品の中にカリフォルニアを感じたことはなかったし、彼が英語で書いた文章を読んだこともなかった。リューベックやハンブルクなど北ドイツの光線、スイスのエンガディンの光線、ヴェネチアの光線など、思えばいろいろな光線がマンの作品の中にはあったが、非常に特徴のあるカリフォルニアの光線に作品内で出逢った記憶がない。マンが英語で書いた短いエッセイなどを後で全集で見つけて読まなかったわけではないが、それは文学作品ではなく、アメリカに対する公のメッセージというような性格を持った文章だった。なぜ英語に浸透されることなくアメリカに留まっていることができたのか。

『チューリッヒ新報』(*Neue Züricher Zeitung*)にマティアス・ヴェグナーが書いたシュテファン・ハイム追悼文の冒頭にこんな文章がある。「国際的な経験を積んでいるとか、二ヶ国語に通じているとかいうことがドイツ語作家の特徴であるとはとても言いがたい。少なくともそうではなかった世代の方が圧倒的に多い。ナチスの独裁政権のせいで亡命するしかなくなった人たちのおかげで、ほんの一握りの例外は生まれたが、当時でさえ、自分の使う言語を替えたいと思った作家、或いは替えることができた作家は、ほんの少ししかいなかった。クラウス・マンやエーリッヒ・マリア・レマルクなどは、複数の言葉を操れる例外的存在だった。そしてシュテファン・ハイム。彼は英語でたくさんの小説を書いた。ドイツに戻ってからも、英語でも作品を書き続けた」。

ドイツ語作家がエクソフォニーを嫌うのは、いわゆる語学の才能の不足が原因ではない。現代のドイツ人の作家で英語が大変よくできて英語圏で長年暮らしている作家たちも、英語では詩や小説を書かない。たとえばもう二十年以上もロンドンに暮らすアンネ・ドゥーデンや、二〇〇一年に事故死したW・G・ゼーバルトや、イギリスに留学していたウルリケ・ドレスナーを見ても、みごとな英語を話すが、英語では決して創作活動はしない。イギリス在住二十五年を越すゼーバルトがある朗読会の後で、「なぜ英語で書かないんですか?」という聴衆からの質問に対して、「学術論文などはたくさん英語で書いたが、文学は論文とは全然違う」と答えたのを覚えている。質問した人はあまり納得できないでいたようだった。わたしはゼーバルト氏の言っている意味が気持ちのうえでは分かったが、その「分かる」気持ちを少しずつ崩してきたこの十何年かの作業があるので、賛成はできなかった。

アンネ・ドゥーデンは、ある朗読会の後で、同じ質問に対して、もう少し具体的な答えを出した。ドイツ語という言語そのものの中に自分たちの背負っているドイツの歴史が刻み込まれている、ドイツ語を離れてしまったら、ドイツの歴史の中に切り込んでいくことができない、だからドイツ語を捨てることができないのだ、という答えだった。それはドイツの歴史を誇りに思っているという意味ではなく、ドイツの歴史に責任を持たなければならないということだろう。

彼女のパダボルン大学詩学講座を読んでみると、Schrei(シュライ＝叫び)とSchreiben(シュライベン＝書く)が並んでいる。音的に見ても、意味的に見ても、書くことは叫ぶことと複雑な関係にある。でも、実際に叫びを文字にできるのは、少しは恵まれた環境にある者だけである。自分の受けたい教育を受けることができ、小説や詩を書いている余裕のある環境に育つことは、どちらかというとめずらしい。多くの者は、叫びたくても声を持たないので、眼ばかり大きく見開いて、人間たちが壊れていく様子をまのあたりにしながら、聞こえない叫びの中で死んでいくしかない。又、書く代わりに本当に叫び始めてしまったら、精神病者ということにされてしまう。書くことは叫ぶことではない。しかし、叫びから完全に切り離されてしまったら、それはもう文学ではない。叫ぶことと書くことは、切っても切り離せない関係にある。この二つの単語は、言語学的にみて語源が同じなのではなく、一人の人間が生きてきた過程でもう離れられないくらい密接に結びついたものなのである。

その他にもドイツ語の特徴で、ドゥーデンの文学の重要な建築素材となっている文法的要素がいくつかある。たとえば、ドイツ語の場合、一つの動詞の意味が、そこに付く前綴りによって百八十度変ってしまう場合がよくあるが、二つは意味が逆のように見えて、実は深いところでは繋がっていることが多い。それをハイフンを使って、動詞の部分を繰り返さないで記述するやり方がドイツ語にはある。日本語ではそういうことはしないが、いま仮にやってみると、たとえば「潜在と存在」と言いたい時に「在」の字は共通項なので、この二つの概念に共通点のあることを強調するために、「潜／存・在」と書くというようなことだ。ドゥーデンの詩学講座に、Unter und Auftauchen という表現がある。この場合、前者の意味は「もぐる」、後者は「浮かび上がる」という意味だが、この二つの動詞は単純に反対語なのではなく、ドゥーデンにとっては、切っても切れない関係にある。たとえば、一枚の絵と向かい合った時、絵の中に完全に潜ることで主体が失われるような体験を通して、言葉が浮かび上がってくる。

カリフォルニア在住と言えば、詩人の伊藤比呂美さんを思い出す。彼女の英語のパフォーマンスを二〇〇二年にインスブルックで見たが、異言語が身体の中に侵入してくるなまなましさを感じさせてくれた。細胞はそれを拒んで叫びながらも、むさぼるように受け入れて、膨張していく。妊娠していく。声の中にカリフォルニアの光線がある。その光線は陽気さや健康さではなく、挑戦と応答の引き起こす静電気を思い起こさせた。

トーマス・マンはなぜ伊藤比呂美ではなかったのか。この問いは、簡単そうで難しい。マンの作品にカリフォルニアの太陽があふれていないからと言って、この作家が亡命先の気候を嫌って、ドイツ語という暗室の中で創作に専念していたのかと思うと、そうでもないようだ。マンは、カリフォルニアの心地よい気候と風景に魅せられていたという。これは現代のわたしたちが思うほど当たり前のことではない。当時は今と違って、カリフォルニアは気持ちのいいところだという噂が世界中に広がっていたわけではない。むしろ他の亡命作家たちはここの気候に馴染めず苦労している。たとえば、レオンハルト・フランクはカリフォルニアには「空気の中に空気がない」という感想を漏らし、「永遠に日光に晒された生命とは掛け離れた地獄ハリウッド」に四季がないことを嘆いている。彼はすでに第一次世界大戦中に戦争に反対し、一九三四年には五十二歳で無国籍になってしまった。ニューヨークに亡命し、ロサンジェルスに移ったが、カリフォルニアの気候や雰囲気に我慢ができず、またニューヨークに戻り、一九五〇年には六十八歳でドイツに戻る。カリフォルニアに馴染めなかった作家は少なくない。カール・ツックマイヤーは、「カリフォルニアの自然には生命がなく無気味で、クリスマスに庭という庭に咲きほこるどぎつい色の薔薇を見ていると吐きそうになる」とまで言っている。ブレヒトもカリフォルニアには馴染めなかったようで、「窓の外をちょっと見ただけで、深く打ちひしがれた気分になってしまう」と書き残している。それはもちろん気候の問題ではなく、太陽さえもぎらぎら笑うハリウッドの商業主義の象徴のように見えたのかもしれないが。

わたしはフォイヒトヴァンガーの書斎の窓から毎日太平洋を眺めながら、これが子供の頃に胸をしめつけるような憧憬を感じさせてくれた太平洋を裏から見た光景なんだ、と思うと感慨深かったが、別に東京に帰りたいとは思わなかった。今現在いる土地の文化に受け入れられない、認められない、理解されない、と感じれば、故郷が懐かしくなる。しかし、わたしの実感としては、日本にもわたしを理解しない人はたくさんいるし、カリフォルニアにもわたしを理解する人はいる。それは相対的な違いに過ぎないという気がして、特に出生地を美化する気持ちは起こらない。

太平洋を見て感じるのは懐かしさではなかった。むしろ、東京からシベリアを越えてヨーロッパという遠いところへ来てしまったところから更に大西洋を越えて、アメリカ東海岸からアメリカ大陸を横断して、「世界の果て」のカリフォルニアまで来たら、なぜか又、出発点の東京が近くなっていたという不思議さだった。地球はまるいというのは、こういうことだったのかとも思う。

昔なら、数年ごとに住む場所を変えるような人間は、「どこにも場所がない」、「どこにも所属しない」、「流れ者」などと言われ、同情を呼び起こした。今の時代は、人間が移動している方が普通になってきた。どこにも居場所がないのではなく、どこへ行っても深く眠れる厚いまぶたと、いろいろな味の分かる舌と、どこへ行っても焦点をあわせることのできる複眼を持つことの方が大切なのではないか。あらかじめ用意されている共同体にはロクなものがない。暮らすということは、その場で、自分たちで、言葉の力を借りて、新しい共同体を作るということなのだと思いたい。

ロサンジェルスも、ダウンタウンに行くとかなり暑かったが、フォイヒトヴァンガーの家のあるパシフィック・パリセーズは丘の上にあって、大変気持ちがよかった。着いた日に自分の部屋の窓を開けたっきり二ヶ月間、閉める必要がなかった。雨も降らないし、冷たい風も入ってこない。寒すぎることも暑すぎることもない。いつもはハンブルクで生活しているわたしにとって、ここの気候は間違ってもらった贈り物のように有り難かったが、しばらくすると、雲がないというのは退屈なことだとも思った。原稿もなかなか進まなかった。わたしにとっては、毎年、日照時間が少ない北ドイツの冬ほど原稿の進む時期はない。今日こそ太陽を拝みたいものだと思いながら机に向かう時期、暗い窓の外など見ないようにしながら原稿を書いていると、脳味噌の自家発電で、脳の中が明るくなる。言葉が出ると、ぱっと電光が光る。原稿を書いている方が、散歩に出るより明るい。だから執筆活動がはかどる。

話を元に戻すと、さきほど、ドイツ人はドイツ語以外では創作しないと書いたが、オーストリア人やスイス人は同じくドイツ語を母語とする人でも、ちょっと違っている。アメリカにしばらく住んでいたザビーネ・ショルは英語で書く試みをしたと教えてくれた。彼女はオーストリア人である。オーストリア人はもともと、ものを書く時に使う標準ドイツ語といつもしゃべっている方言の間に距離があるので、母語というものを相対的に見ているのかもしれないとも思った。フランス人なども自分の言葉を非常に重用視してはいるが、だから外国語では書かないというわけではない。ドイツ・ロマン派の重要な作家シャミッソーのように、ドイツ語で書いたフランス人もいる。東欧の作家たちはもちろん昔から、いろいろな言葉で書いている。

もちろん、ドイツ語にとどまり続けるドイツ人作家も、たとえば英語などがテキストの中に登場しないわけではない。アンネ・ドゥーデンの作品にも時には引用のように、時にはどこからか聞こえてくる声のように、英語が現れる。ロサンジェルスに一十五年以上も暮らしているパトリック・ロートについても同じようなことが言える。余談になるが、彼の家に行くと本の並べ方が大変個性的だった。どのような分類法が頭の中にある人なのか、いくら考えても分からない。もちろん、アルファベット順でも国別、時代別でもないし、テーマ別でもないようだ。ついに我慢できなくなって、どういうシステムで本を分類しているのか尋ねてみると、ロサンジェルス大地震の時に本が全部本棚から落ちてきてしまい、その後あわててめちゃくちゃに入れ直したきり、そのままにしてあるのだと教えてくれた。不幸の後のどさくさ偶然システムには迫力があった。

ナチスの手を逃れてここに逃げて来たドイツの作家たちはカリフォルニアで執筆しなければならない理由はなかったわけだから、地震で振り落とされて偶然あいている場所に入れられた本のようなものだ。しかし、一九五三年生まれのパトリック・ロートは、留学生として初めてアメリカに来た時から、当然、自分の選択だった。『僕のチャップリンへの旅』などの本を見ても分かるように、昔から映画にも関心があったようだ。喋り方などはすっかりカリフォルニアの一部になりきっているが、創作はドイツ語で意欲的に続けている。

つまり、ドイツ語でしか創作しないということは、他の文化に心を開かないということではない。それでも、わたしは一つの言語の中にとどまっているということの不可能性を感じてしまう。だから、ドイツ語作家を見ていて、なぜ、という気持ちがどうしても消えない。答えを探す旅はまだまだ始まったばかりだ。

　ドイツでは、朗読会の後に、「あなたはドイツ人として書いているのか、日本人として書いているのか」などとひどくまじめな顔をして聞く若い人などがいて、とまどうことがある。「どこの国の人間として」というような感覚はわたしにはよく分からない。誰の中にもいろいろな文化と言語が混在しているのだと思う。

　アメリカの若い人たちは、ヨーロッパの若い人たちとはちょっと違った。さすが移民の国だけあって、自分が移ってきた場所が自分の場所であり、そこの言語が自分の言語だと思っている。だから、わたしに向かっても、「ドイツの作家として書いているのか、日本の作家として書いているのか」などとは聞かない。その代わり、「今アメリカにいるんだから英語でも小説を書けばいいのに」などと、いとも簡単に言うのである。そんなことは難しくて、すぐできることではない、と言っても納得しない。確かにわたしは、日本茶も飲むし、紅茶も飲むし、コーヒーも飲むし、ジャスミン茶も飲むし、ういきょう茶も飲むし、マテ茶(南米)も飲むし、ロイボイス茶(南アフリカ)も飲むし、キンケリバ茶(セネガル)も飲むし、異文化をどんどん取り入れて追加していくのは得意とするところではあるが、言葉はそうはいかない。しゃべれるようになるだけでもたいへんだが、そう簡単に小説が書けるものなら苦労はしない。言葉を小説の書けるような形で記憶するためには、倉庫に次々木箱を運び入れるように記憶するのではだめで、新しい単語が元々蓄積されているいろいろな単語と血管で繋がらないといけない。しかも、一対一で繋がるわけではない。そのため、一個言葉が入るだけで、生命体全体に組み換えが起こり、エネルギーの消費がすさまじい。だから、簡単に新しい言語を取り入れていくことができない。

それに、わたしはたくさんの言語を学習するということ自体にはそれほど興味がない。言葉そのものよりも二ヶ国語の間の狭間そのものが大切であるような気がする。わたしはA語でもB語でも書く作家になりたいのではなく、むしろA語とB語の間に、詩的な峡谷を見つけて落ちて行きたいのかもしれない。

4　パリ　Paris

一つの言語は一つの言語ではない

二〇〇三年一月、パリにドゥマゴ文学賞の授賞式を見に行った。この旅行は日本でBunkamura の出す同名の文学賞をもらったその副賞として付いてきたものだった。

十一時頃に遅い朝食を取る人たちが帰っていくと、カフェ〈ドゥマゴ〉はしばらく静かになった。やがてそこに、批評家たちが集まってきて、煙草をすぱすぱ吸いながら、シャンペンのグラスを傾け、何か話し合っている。そのうちに批評家の一人がマイクを手に持って、「今年の受賞者はミシュカ・アサヤス氏に決まりました」と発表すると、拍手が起こり、受賞者に電話がいった。三十分くらい待っただろうか。本人が車で到着し、カメラマンのフラッシュを浴びながら、カフェに入って来た。最終選考に残った四人の作品は招待状に載っているが、その中で誰が賞を取るかは、その日に決まる。選考委員たちがその場で熱心に議論していた様子はないので、内定していたか、全員一致だったかのどちらかなのだろう、と外部者のわたしたちは勝手に判断した。しかし、決して広くはないカフェのテーブルとテーブルの間に人々がところ狭しと立ち、シャンペングラスが三分に一度はひっくり返って割れて、煙草の煙と話し声に満ちた空間には、独特の熱い雰囲気があった。もしこれが日本やドイツなら、文学賞と聞いただけで責任のようなものを感じてしまって手放しには楽しめないが、パリの文学賞は他人事なのでとても楽しかった。

地下鉄オデオン駅で降りて、ぶらぶらしていたら、本屋が驚くほどあった。ドイツにはこんなにたくさん本屋はない、とその夜、ベルナー・バヌンに言うと、それはフランス文化がパリに集中しているから多く見えるだけで、ドイツには全国にいい本屋があるし、ドイツの方が書籍の発行部数は多いし、読者の層も広い、それにドイツの方が作家に対する国や公共機関の援助が充実しているので、作家が筆一本で生活していくのはフランスより楽だ、と教えてくれた。ベルナー・バヌンは、トゥール大学のドイツ文学の教授で、わたしの本をすでに二冊ドイツ語からフランス語に訳してくれている。

そのベルナー・バヌンと、わたしの本のフランス語版を出してくれているヴェルディエ出版社の人たちといっしょにその夜は食事に行った。彼らは他の国の出版関係の人間たちと比べて、大変文学的な独自の世界に住んでいるように感じられた。グローバリゼイションが進んだ現代では、どこへ行っても同じだと言う人がよくいるが、それは違う、とこの夜は実感した。出版社の人たちが連れて行ってくれたのは、近くの庶民的なレストランで、壁の写真、店主の奇妙なオブジェのコレクション、あひると白マメを煮た料理の味や香り、しゃれた空き瓶に入って出て来た水、みんなの着ている服、顔の表情から始まって、出版社の社長のする質問などまで、ここは絶対にハンブルクではありえない、たった一時間飛行機に乗って来ただけで別世界に来ることができるのだ、と驚いた。英語など縁のない世界。みんなフランス語をしゃべっている。それをベルナー・バヌンが訳してくれるが、二回に一回は困った顔をしている。言葉としては訳せるけれども、そんなことはドイツ語で言ったらとても変に聞こえるから、と断ってから、注意深く訳し始める。彼の躊躇《ためら》いが、わたしには味わい深かった。わたしは境界を越えたいのではなくて、境界の住人になりたいのだ、とも思った。だから、境界を実感できる躊躇いの瞬間に言葉そのもの以上に何か重要なものを感じる。どこでも通じる浅い英語のビジネス・トークの退屈さで世界が被われてしまったらつまらない。わたしは英語の悪口を言いたいのでもないし、フランス語を賞賛しているのでもない。その場所にしかない奇妙な地方性が濃密になる瞬間が大切だからこそ、国境を越えたくなるのだと感じたのだ。

写真、絵、言語、映画などの話から、ユダヤ迫害と革命、多神教などというところまで話がはずんだところで、急に「ところであなたはなぜパリに住まないでハンブルクに住んでいるのか？」という質問が出たので、笑ってしまった。それで、初めてパリで朗読会をした時のことを思い出した。九〇年代の初めだったと思う。質疑応答の時に、他のどんな国でも出なかった質問が出て驚いた。「なぜフランス語ではなく、ドイツ語で小説を書こうと思ったのですか?」なぜ母語だけでなく外国語でも書くのか、という質問ならばめずらしくない。しかし、その外国語がなぜフランス語ではないのか、と聞かれても困る。後でその場にいたドイツ人がにやにやしながら、「フランス語ではなくてドイツ語を選ぶなんて信じられないってことなんだろうなあ」と言った。アメリカ人の言う「ドイツ語だけでなく英語でも書けばいいのに」と、フランス人の言う「ドイツ語ではなくてフランス語で書けばいいのに」の間には決定的な違いがある。

わたしの最も尊敬するドイツ語詩人パウル・ツェランは、晩年ずっとパリに住んでいたが、ドイツ語でしか詩を書かなかった。そう言えば、二度目にパリに行ったのは、パウル・ツェランの国際学会の時で、その後、学生がパリ郊外にあるパウル・ツェランのお墓に連れて行ってくれた。なかなか来ないバスにやっと乗って、誰もいない墓地に着くと、みんな同じ四角い墓石が何百枚も整然と横たわっていた。墓石は立っているのではなく、みんな横たわっていて、それが夕日に照らされていた。なんだか胸がどきどきした。墓守らしい男が現れたので「アンチェル」の墓の場所を聞くと、すぐに教えてくれた。よく知られているように、「ツェラン」は筆名で、本名「アンチェル」のアナグラムである。ツェランは、当時ルーマニア領のチェルノヴィッツでドイツ語を話すユダヤ人の両親から生まれた。「詩人はたった一つの言語でしか詩は書けない」と言って、自ら命を絶つまでずっと、自分の母親や友人たちを殺害した人間たちの使っていた言語であるドイツ語でしか詩を書かなかった。語学の才能は優れていて、フランス語がよくできただけでなく、マンデリシタームの詩などもロシア語から訳している。いろいろな言語の聞こえてくる東欧的環境で、マイノリティの言語ドイツ語を主言語として成長していった環境は、プラハのカフカとも通じるところがある。ツェランの「詩人はたった一つの言語でしか詩は書けない」という言葉は時々引用されるが、「一つの言語で」という時の「一つの言語」というのは、閉鎖的な意味でのドイツ語をさしているわけではないように思う。彼の「ドイツ語」の中には、フランス語もロシア語も含まれている。外来語として含まれているだけではなく、詩的発想のグラフィックな基盤として、いろいろな言語が網目のように縒り合わされているのである。だから、この「一つの言語」というのはベンヤミンが翻訳論で述べた、翻訳という作業を通じて多くの言語が互いに手を取り合って向かって行く「一つの」言語に近いものとしてイメージするのが相応しいかもしれない。良く知られている例を一つ挙げると、ツェランの「葡萄酒と喪失、二つの傾斜で」で始まる詩では、「傾斜(Neige)」という言葉が出てきたかと思うと、突然「雪」が出てくる。意味的には、「傾斜」と「雪」は繋がらない。しかし、ドイツ語の「Neige（傾斜）」と全く同じスペルが、フランス語では雪という意味の単語になるので、両者は密接な関係にある。語源的には関係ないし、発音は全く違うが、見た目が同じなのである。わたしたちの無意識がどれほどこのような「他人のそら似」的な単語間の関係に支配されているかということは、フロイトの『夢判断』などを読めばよく分かる。

ツェランの場合の類似は音韻的なものではなく、映像的なものだ。ヨーロッパの詩は、コンクレーテ・ポエジーなどの例外を除けば、文字ではなく音中心だと言われる。しかしツェランの場合は、音韻的ではなくグラフィックな発想も節々に見られる。ちなみに、ツェランの配偶者はフランス人のグラフィック・デザイナーで、ツェランといっしょに詩とエッチングの組み合わさった作品も残している。ツェランの詩には、フランス語どころか、彼自身の知らなかった日本語なども捕り込んでしまうような魔法の網のような多言語的構成があるのではないかとわたしは思っている。それについては拙著『カタコトのうわごと』（青土社）に収録されているツェラン論にも書いたが、長くなるのでここでは繰り返さない。

ツェランを読めば読むほど、一つの言語というのは一つの言語ではない、ということをますます強く感じる。だから、わたしは複数の言語で書く作家だけに特に興味があるわけではない。母語の外に出なくても、母語そのものの中に複数言語を作り出すことで、「外」とか「中」ということが言えなくなることもある。

5　ケープタウン　Capetown

夢を見る時は何語で見るのか、と聞く人がよくいるが、わたしはこの質問を聞くといつもちょっと頭にくる。「一つ以上の言語をしゃべっている人間は正体が分からない、片方が嘘で、片方が本心だろう」と言われたような気がする。日本語にも「二枚舌」という言葉があるが、一つ以上舌があると、嘘つきだと思われてしまう。「あなたは日本語が母語でも、本質的にはドイツ人になってしまったのではないのか？」とか「あなたはいくらドイツ語をしゃべっていても、魂は日本人なのではないか？」とか「本当の自分はどっちなんだ？」とか聞かれたような気がする。この「本質的には」とか「魂は」とか「本当の自分は」という考え方が嫌なのである。夢について尋ねる人たちは、本当の自分はどっちなのか決めてしまわなければ気がすまないようだ。起きている時は巧みに嘘をついていても、夢の中では本人の作意が機能しないから「本当の自分」がつい出てしまうのではないか、と考えているらしい。

しかし実際は、本当の自分にこそ舌がたくさんあるのであって、夢の中でもいろいろな言葉をしゃべっている。日本語とドイツ語だけでなく、一生懸命努力して英語をしゃべっていることもあるし、ポーランド語など、できないはずの言葉を楽しくしゃべっていることもある。わたしは全くスペイン語ができないのだが、スペイン語の悪夢も時々見る。これから聴衆の前で自分の原稿を読まなければいけないという時に、原稿をよく見ると、確かに自分が書いた本なのに、スペイン語で書いてあるので読めない。どうしようかと狼狽し、心臓はどきどきし、額は冷や汗にべっとり濡れて、息が苦しくなり、目がさめる。これは「それって、なんだかスペイン語っぽいわね」という慣用句がドイツ語にあり、それが「訳が分からない」という意味なので、そこからきているのかもしれない。夢は、慣用句を文字どおり具体化してしまうことがある。ということは、この夢はドイツ語で見たことになる。夢のストーリーを作っているのがドイツ語の慣用句だからだ。

とにかく、「夢は何語で見るのですか?」という質問があまり気に障るので、わたしは、自分が夢でしゃべっている言語を自分で理解できない女性を主人公にした『夜の映画館』という題の小説をドイツ語で書いた。彼女の夢の言語は、なんだか「ずれている」言語で、ドイツ語と少しだけ似ているが、ドイツ語ではない。習ったことのない外国語。そのうち偶然にオランダ人と知り合って、いつも夢に出てくる言語がアフリカーンス語だということとが判明する。アフリカーンス語は、南アフリカに行ったオランダ人の言葉が現地で独自の発展をしてできた言葉だが、本国のオランダ人から見るとちょっと古臭くて素朴に聞こえることもあるようだ。わたしの耳には何とも面白く聞こえる。ドイツ語と似ていて、分かるところもあるが、「ずれ」の感じが夢を思わせ面白い。たとえば、lecker という形容詞があり、ドイツ語では、食べ物が美味しいという意味にしか使わないが、オランダ語やアフリカーンス語では、天気にも服にも人にも使えるので、なんだか「今日の天気はおいしいですね」、「この服、おいしいわ」、「あの人って、本当においしい」と言っているようで、聞いていて楽しい。この小説の主人公はアフリカには親戚も友達もいないし、まだ行ったこともない。つまり、「本当の自分」であるはずの夢の言語が、自分とは無関係な遠い土地にあるのだ。なぜそうなってしまったのか、理由は本人にも分からない。とにかくケープタウンに旅行する決心をする。ここまでこの小説を書いて、取材と執筆のためにわたしは二〇〇〇年の夏、二週間の予定でケープタウンに出掛けた。夏というのはドイツが夏だったということで、南半球にある南アフリカは冬だったが、それでもケープタウンの冬の方がハンブルクの夏より気温が高かった。

ケープタウンに着いた日に、コンコルドが墜落した。驚いたのはコンコルドが墜ちたことではなく、テレビをつけると、十一ヶ国語で次々と同じニュースを伝えていたことだ。

見せる映像は同じだが、言葉の響きはそれぞれ全く違う。メディアの世界というのは、映像的には貧しいものだという意外な事実に気がついた。映す映像はいつも同じで、変化に富んでいるのは言語だ。文化の多様性を背負っているのは言語なのだと実感した。その十一ヶ国語には、英語とアフリカーンス語も入っていたが、その他の現地の言葉は初めて耳にするものばかりだった。コサ語などに舌を打ち鳴らす音が入ることは話には聞いていたが、実際にテレビから聞こえてきた時にはそれと分からず、テレビの機械の調子が悪いせいでバチバチと音がするのかと思って、コードをしっかり入れなおしてみたりした。たとえばkを発音する時に全く同時に口の中で「コッ」と舌を鳴らしたりするのだが、話し手の顔を見ているだけでは、二つともその人の口の中から出た音なのだという感じがしない。教則本に従って自分でも毎日練習してみたが、最後までできなかった。

しかし十一ヶ国語も公用語があって、これからどうやってやっていくのだろう。これがわたしの初めてのアフリカ経験で、それまで知らなかったこの大陸に興味を持ったのも、言語がきっかけだった。二年後にセネガルに行くと、同じアフリカといっても当然ながら場所によって何もかも全く違っていることが分かったが、言語状況が興味深いという点は共通していた。

小さな言語がたくさん存在する状態にあったアフリカにヨーロッパ人が来て植民地化し、

自分たちの言語を強制する。植民地時代が終わると、ヨーロッパ人が帰っていって、現地ではたくさんある自分たちの言語のうちのどれを公用語にするか、もめる。セネガルのように、自分のグループの言葉以外の言葉が公用語になるくらいなら、フランス語が公用語になった方がずっといい、とほとんどの人が考える場合もある。そうではなくて、南アフリカのようにたくさんの言葉を公用語にすることも可能性としては想像できたが、実際にテレビをつけるとやはり驚いた。これで平気なんだろうか。そこにまつわる社会問題、教育問題にはいろいろと大変な面があるだろうし、それについてはわたしなどには口出しする資格も能力もないが、問題点だけでなく、多言語社会はこれまでになかったような可能性も含んでいるように思える。

言語の多様化現象は、発展途上国の問題として片付けられない。アフリカにたくさんの言葉があるのは文明が遅れているからだと思い込んでいる人が工業先進国には多い。たとえばドイツなどでも「書き言葉の統一は、マルチン・ルターが聖書をドイツ語に訳した時に解決した。もう昔の話だ。今はそれどころか、ビジネスやコンピューターの言語である英語というものを世界の共通語にして生きる時代だ。だから、部族間の言語の違いなど早く克服した方がいい」と言う人がいる。多言語は重荷になるだけだ、たくさんの言語を一国の公用語にするなどというそんな不合理なことをしていたら、国際競争にますます勝てなくなる、という理屈だ。しかし、そう簡単に判断できるものかどうか、わたしは最近ますます疑問に思う。

多言語社会は確かに「むずかしい」。ドイツも公用語は一つだが、現実的には多言語社会である。たとえば、移民の子が言葉が充分にできないために学校の授業についていかれないということが問題になっている。そんな問題は二世代目になれば自然に解決するだろうと思って真剣に対策を練らずにいたら、そうではなかった、ということがよく新聞に書いてある。ドイツで生まれ育った二世代目は日常会話はできても高等教育に進むのに必要な学力のない子供の割合が大変多いことが最近の調査で分かった。しかし、それを移民そのものの問題にすり替えて、だから外国人を入れない方が良いという保守派の意見も間違っている。なぜなら、たとえばスウェーデンなどの移民二世の学力は高いという統計も出ている。つまりこれは移民の問題ではなく、その国の教育の問題なのだということになる。日本では、クラスの生徒の三分の一以上の子が日本語が分からないという状態を体験した小学校教師はほとんどいないのではないかと思う。そういう状況で授業を進めていくには、これまでの教師養成プログラムだけでは間に合わない。

しかし、そういう時代の状況をチャンスとして捉える励ましになるような記事をアメリカで読んだこともある。バイリンガルの子とそうでない子を比べた場合、普通に勉強していると、バイリンガルの子の方が学力が劣る傾向にあるが、普通以上に勉強した場合、バイリンガルの子の方がずっと高いレベルに達するという統計が出ているという。別に統計というものを妄信するつもりはないし、学力などそう簡単に測れるものではないとは思うが、この調査結果に納得してしまう理由がわたしにはある。わたしはバイリンガルで育ったわけではないが、頭の中にある二つの言語が互いに邪魔しあって、何もしないでいると、日本語が歪み、ドイツ語がほつれてくる危機感を絶えず感じながら生きている。放っておくと、わたしの日本語は平均的な日本人の日本語以下、そしてわたしのドイツ語は平均的なドイツ人のドイツ語以下ということになってしまう。その代わり、毎日両方の言語を意識的かつ情熱的に耕していると、相互刺激のおかげで、どちらの言語も、単言語時代とは比較にならない精密さと表現力を獲得していくことが分かった。

子供だって、ドイツ語だけできるよりは、ドイツ語とトルコ語と両方できた方がいいに決まっている。そういうところに多言語国家の可能性を見たい。技術獲得の道具として言語を見た場合は多言語は不合理に見えても、言語自体に価値を見て時間をかけて毎日耕せば、そこから出発して「単言語人間」ばかりだった時代にはできなかったことを成し遂げることができるかもしれないのである。そのためには、当然、教育や文化にもっともっと時間とお金をかけなければいけない。そうでないと、豊かさを与えてくれるはずの複数言語が、逆に足枷になってしまう。

6 奥会津 Oku Aizu

日本列島は中心に向かっていくと山の襞の間隔がどんどん狭くなり、平らな土地が減っていって、と解説してくれる室井光広さんの説明を同行した出版社の人たちといっしょに聞きながら、わたしは初めて日本列島を皺のある生き物のように感じていた。この辺は言語学的に見ると抑揚の存在しない地帯で「橋」と「箸」と「端」の区別がないのです、と言う室井さんの作品では、そう言えば、「タンゴ」が急に「単語」に繋がり、「サンバ」が「産婆」になって意外な展開をしていくことを思い出した。これはRとLの区別が聞き取れない日本地方出身のわたしがBrücke(橋)という言葉の中にLücke(空白)を発見し、更に、そこから発展させて、異文化間に橋を渡すことよりも空白を発見することの方が重要かもしれない、などという結論に勝手に達する思考方法と似ているのかもしれない。自分の育った発音体系の中では区別がなされない二つの単語(タンゴ)がくっついて踊り出す。そこに産婆(サンバ)が駆け付けて、新しいアイデアが産まれる。これは言語移民の特権であって、一見簡単そうに見えるが、一つの言語の内部に留まる者にはなかなか真似のできない芸だ。その芸が妬ましいので、そんなのは駄洒落に過ぎないさ、と負け惜しみを言う人もいる。

生まれた時には誰でもあらゆる言語を聞き取り発音する能力が潜在的にあるのだと言われる。つまり、一つの母語を学ぶということは、その他のあらゆる可能性を殺すということになる。たとえば日本語だけ聞いて育つと、生まれて六ヶ月ですでにRとLを区別する能力を失ってしまうという実験結果さえ出ている。もちろん、それを後から改めて学び直すことは不可能ではないが、それほど簡単なことではない。逆にヨーロッパの言葉が母語だと、中国語などにある抑揚を聞く能力が一度は失われ、漢字のような映像を記憶する力がどんどん鈍ってしまう。

生まれたばかりの子にあらゆる言語を話す能力が潜在的に具わっているというのは素晴らしい。しかし、あらゆる潜在的能力を保っていたら一つも言葉がしゃべれない。だから、極端に言えば、たった一つを残して、残りの能力を取り敢えず全部破壊していくのが、母語の修得だということになる。ちょっともったいない気もする。大きくなってから外国語をやりたくなるのは、赤ん坊の頃の舌や唇の自由自在な動きが懐かしいからなのかもしれない。大人が毎日たくさんしゃべっていても絶対に舌のしない動き、舌の触れない場所などを探しながら、外国語の教科書をたどたどしく声を出して読んでいくのは、舌のダンスアートとして魅力的ではないか。柔軟に、あらゆる方向に、反り返り、伸び縮みし、叩き、息を吐く舌、一つも意味を形成できないままに自由を求めて踊りまくる舌、そんな舌へのあこがれがわたしの中に潜んでいる。でも、そんな舌を本当に持ってしまったら、もう誰にも理解してもらえないことになる。だから仕方なく半硬直した単言語人間の舌を取り敢えず装って、まわりと意味をやりとりしながら暮らしていく。しかし、その奥には自由な舌への衝動が隠されているのではないか。

かつてハンブルクの大学で夏期日本語集中講座の手伝いをして日本語を教えていた時に、「髪の毛が長くなったので、病院へ行きます」とある学生に言われて、思わず「え?!」と声を上げてしまった。髪の毛が伸びてしまうことがドイツでは一種の病気と見なされているわけではない。ドイツの学生には「病院」と「美容院」がほとんど同じように聞こえることにこの時、初めて気がついた。確かに違いは微妙だが、それでもわたしはこの二つの単語が似ているとさえ感じたことがなかった。一つの言語の内部にいる者には見えない類似はたくさんあるのだ。

他にも似たような経験はいろいろある。日本語を勉強している学生が、作家の写真やサインを売っている店がハンブルクにもあると言うので、いくらドイツに文学ファンが少なからずいるといっても、そんな店は成り立たないだろうと言うと、その店はとても流行っているという。わたしは驚いたが、話しているうちに、彼が「作家」ではなく、「サッカー」のことを言っていることが分かった。サッカーの写真や選手のサインならもちろん売っているだろうし、買う人もいるだろう。「作家」と「サッカー」も、最後の母音が長いか短いかの違いしかない大変似通った単語だが、母音の長短が決定的な区別の基準になる日本語の内部に住んでいる人間には、似ているとさえ感じられない。それに、漢字やカタカナを思い浮かべながらしゃべっているので、この二つの単語はわたしたちにとっては清少納言風に言えば「近くて遠いもの」なのだ。最近はコンピューターの漢字変換ミスのおかげで、このような偶然の一致に気がつく機会も増えたが、普通に日本語をしゃべっているだけでは、なかなか気がつかない。

室井さんは、日本語の中に外からしか見えないような繋がりを見出して、繋げて、紡いで、不思議な網を作っていく。それに加えて、方言にしかない表現またはその使い方を拾い上げて、作品の中に種のように蒔いて、育て上げていく。『そして考』の「そして」などもその例である。

奥会津の畑はカリフォルニアの畑のように広大ではなかったが、風景の密度が濃かった。野菜も小さな土地にみっしりできていた。「英語で言うセミナーという語は、種という言葉と語源的に繋がっているようです。フィールドワークも畑仕事なんです」と室井さんに言われ、わたしたちはすぐに、なるほどと納得してしまう。室井さんは、シェイマス・ヒーニーのエッセイ集を佐藤亨さんとの共訳で出しているが、アイルランドがイギリスに対して持つ距離を創造のエネルギー源として活用する「アイルランド・モデル」と呼べるようなものがあるとしたら、会津も一種のアイルランド(アイズルランド?)なのかもしれない。

この場合の「会津」は自分のルーツに回帰するという意味での「地方」とは違う。室井さんには、かつて図書館に勤めていた時期があり、仕事の合間にあらゆる文字体系を学習しようとしていたらしい。図書館という場所があって、そこを媒介にして、再発見された一つの地方があり、それが自分の育った言語環境だということなのだろう。その畑はフィールドワークをすれば耕され、実を結ぶ。フィールドワークをするのは詩の人類学者である。一度図書館へ行って、そこから畑に戻って来て、文字だけでなく、音や物や土や水を読む。自分のルーツがそこにあるから戻って来たのではなくて、面白い文化がそこにあるから戻って来たのだ。それは所属するための「ふるさと」ではなく、発掘し続けることのできる常に新しい土地なのだろう、とわたしは室井さんを見ていて思った。

方言を掘り起こして言葉を見つけていく作業は、言葉の響きの分野にも及ぶ。東北の人は口が重いと言う人がよくいる。その「重い」というのは重くてなかなか動かないという意味かと思ったら、重さを振り子のように力にして、ぐんぐん語るという意味でもありえることに、一九七六年に録音された「土方巽《ひじかたたつみ》舞踏譜」という土方巽の一人語りの録音テープを初めて聞いた時に気がついた。室井さんの話し方にもそういうところがある。話し始めたら、畳み込むようなリズムに乗って言葉がどんどん出てくる。しかも、延々と平板に続くのではなく、どっこりどっこりと下の層、上の層を掘り起こしながら進んでいくのである。

7 バーゼル Basel

スイスは公用語が四つある国である。人口は東京の人口の半分をちょっと上回る程度なのに、ドイツ語、フランス語、イタリア語、レト・ローマン語と公用語が四つもある。しかし、経済的に豊かなせいか、スイス人が「スイスには四ヶ国語、公用語があります」と言うと、何か美しい装飾品の話でもしているように聞こえる。「貧乏人の子だくさん」ではないが「貧乏国家の言語たくさん」はスイスには当てはまらない。スイスは、日本のように経済危機にも直面していないし、ドイツのような失業問題もない。

いつだったか、飛行機の中で映画を見ていたら、スイス人の女性がイギリスに出稼ぎに行って女中として働いているという設定だったので驚いた。ほんの百年前の話である。あの失業で有名なイギリスに、給料が高く仕事が溢れているスイスから出稼ぎに行くということがありえない今の時代に達するまで、あまり時間はたっていない。スイスは近代化と経済成長が恐ろしいスピードで行なわれたという点が日本と似ているかもしれない。近代化のスピードが速かったということは、古いものが滅びきらずになんとなく残ってしまうチャンスが大きいということでもある。

スイスの山の中で牛飼いが牛を呼んだり、牛の乳を搾る時に「うたう」声の録音を初めて聞いた時には驚いた。生まれてから一度も西洋音楽を聞いたことのない人間が子供の時から毎日、動物とコミュニケーションするための繊細な文法だけを訓練していったらこんな声を出せるかもしれないと思った。今の西洋に存在する音階とは縁のない全く別の場所から発声されているのだ。しかも、その声は地理的にはヨーロッパの真ん中にあるスイスで録音されている。わたしの聞いた録音はスイスのシュヴィーツ州のムオタ川の谷に住む人たちの「うたった」もので、土地の人は、これがヨーデルと呼ばれるのを好まないそうだが、確かに歌謡曲の一部になってしまったような普通のヨーデルとは全く違う。調べてみると、実際、ヨーデルというのは胸声と頭声を素早く交替しながら母音を歌う唱法の総称で、ピグミーやメラネシア人の文化にも存在するそうである。逆にスイス全体にヨーデルが存在するわけではなく、フランス語圏のスイスにはほとんどないらしい。とにかく、この声が耳を離れず、このような声を出せる人間がヨーロッパの真ん中に住んでいたのはいったいいつ頃までのことかと思って録音記録を見ると、声の主は一九三〇年生まれ。そんなに昔の話ではない。ドイツでは、たとえばシュレースヴィッヒ・ホルシュタイン州の牧草地を歩いていてこのような驚くべき声を耳にすることはありえない。しかし、東京ならば、たとえば、ポップ音楽に溢れた渋谷の町を歩いていても、一歩能楽堂に入れば、突然のように能役者のあの発声が耳に飛び込んでくるのだから、新旧は共存している。二つの発声法は全く違った時代の文化の中から出ているが、同じ町の同じ時間に共存する。そういう意味では、日本とスイスは似ているかもしれない。

いろいろな国に行ってみて感じるのは、言語が違うだけでなく、声が違うということである。国によって平均的な声の高さが違い、発声法さえ少し違うような気さえする。ハンブルクからひと晩夜行列車に乗ってチューリッヒに着き、駅に降りる度に、全く違った声に包まれ、別の土地に来たという実感が湧く。スイスに長く住んだことはないが、博士課程の途中で、師事していたジークリット・ヴァイゲル教授がハンブルク大学からチューリッヒ大学に移ってしまったので、わたしもそちらに学籍を移し、論文提出までチューリッヒには何度も行ったことがある。ドイツから列車で行くと、その一時間手前のドイツ寄りの町がバーゼルである。

二〇〇一年の夏、バーゼルに三ヶ月滞在することになった。ドイツ語圏には、Stadtschreiber(町の書き手)という制度がある。ひとつの町、あるいは法人団体などが作家を招待して、何ヶ月か住む家と生活費を提供し、そこで仕事をしてもらう。その土地に一定期間滞在することを条件にもらう補助金なので、Aufenthaltstipendium（滞在奨学金）と呼ばれることもある。奨学金というと学生のもらうもののように聞こえるが、この場合プロの作家のもらうものだ。価値のある文学が売れるとは限らないので作家を国のお金で保護しようという考え方だが、国がだからといって文学の中身に口を出すということはない。もし間接的にそのようなことがあったとしても、日本の普通の出版社や新聞社が口を出すことがあるのと同じくらいの程度だろう。

滞在奨学金は、その土地について何か書いて欲しいという注文のつく場合もあるし、自分の今書いている小説の続きを勝手に書いていればいい場合もある。その町で朗読会、読書会、懇談会などをやったり、高校の授業などに呼ばれたりして、町の人と交流することもあるが、そうしなければいけないという義務はない。普通は地方新聞に大きくインタビュー記事などが出て、町の本屋のショーウィンドウに本が並ぶこともある。その町に滞在している間に一冊の本を書き上げた場合、後書きの最後に、日付といっしょに「バーゼルにて」などと町の名前の入ることもあり、それは町にとって名誉だということになる。こういう活動をしている町にはビーパースドルフ、シュライヤーン、エーデンコーベンなど、普通のドイツ人の聞いたことのないような小さな町がむしろ多い。ハンブルク郊外のグリュックシュタットにもそのための施設がある。もう十年以上も前になるが、グリュックシュタットに友達を訪ねて行った時、初めて、そういう制度のあることを知った。ここは、ギュンター・グラスが、自分が前に住んでいた家を提供してできたものだ。

日本にも似た制度があるかと何度か聞かれたが思い当たらない。作家がホテルなどに「かんづめ」になることはあるが、これは、出版社が特定の作品の完成を目的にホテルを提供するということなので、一種のビジネスであって、文化事業ではない。ビジネスだからよい作品が生まれないとは言い切れないが、大らかさ、寛大さ、長い目で見ているかどうかという点では、「かんづめ」の負けだろう。

バーゼルは、ドイツ、フランスと国境を接する三国国境の町で、どちらの国にも歩いて行くことができる。「ＡＲＴ」というヨーロッパ最大の絵画フェアなども毎年開かれ、美術中心に文化の盛んな町だが、文学も盛んで、市役所の斜め前に「文学の家」がある。マルグリット・マンツという女性がそこの文学の家の館長になってから、隣のマンションを一部屋借りて、作家を町に呼んで数ヶ月滞在してもらうようになった。ここではドイツ語のStadtschreiber(町の書き手)ではなく、英語でWriter-In-Residenceと言っていた。誰を呼ぶかとなると選択は難しいが、ドイツで活動している外国出身の作家に重点を置くことに決めたそうで、わたしの前にすでに、アレクサンダー・ティシュマー、ヘルタ・ミュラー、テレーザ・モラなどを迎えていた。この場合「外国出身」の意味は多様で、その多様さが現代の作家の言語との関わり方、特にドイツ語とドイツのまわりの国との関係をパレットのように示しているように思えて面白いので紹介したい。

一九二四年生まれで、旧ユーゴスラビアでセルボクロアチア語で小説を書いているアレクサンダー・ティシュマーは、ドイツに住んでいるわけでもドイツ語で書いているわけでもないが、自分の国とは比べものにならないくらいたくさんドイツに読者がいて、始終ドイツに来ている作家の部類に入る。ドイツ語は得意で、講演などもよくやっているがドイツ語では創作しない。このカテゴリーに入る作家は割にたくさんいて、わたしの愛読するデンマークの詩人インガ・クリステンゼンや、邦訳も出ているオランダの作家セース・ノーテボームなどもそうである。

ヘルタ・ミュラーの場合は、ドイツ語を母語とするルーマニア出身の作家である。一九五三年、ドイツ語の話されていたルーマニアのニツキ村というところに生まれ、大学でドイツ文学と南欧文学を学び、翻訳や教師の仕事をしていたが、やがて秘密警察への協力を拒んだために職を失う。幼稚園に勤めたりして時期を待っていたようだが、一九八七年、やっとドイツに出ることができた。ルーマニアにはドイツ語を話すマイノリティが存在し、ヘルタ・ミュラーの他にもルーマニア出身のドイツ語作家はたくさんいて、そういう作家だけを招いて文学祭をやっているのも見たことがある。東欧の小さなドイツ語圏から盛んに文学が沸き上がってくる状況は、カフカの時代と変わらないと言うことかもしれない。ハンガリー出身のテレーザ・モラは一九七一年生まれ。成人する前にベルリンの壁が壊れ、ペレストロイカを体験した新しい世代だ。亡命ではなくドイツに移住して来て、ドイツ語で小説を書いている。

こうして見ると、文学が国境を越えるあり方もいろいろあることが分かる。人は国の外に出ても母語の外には出ない場合もあるし、国の外に出て同時に母語の外に出る場合もある。

バーゼルに滞在中のわたしは、ドイツ語の外に出てしまったわけではないが、それでもやはり出てしまったような困った状況に陥った。スイスの言葉は、同じドイツ語といっても、沖縄の言葉と同じで、何ヶ月か滞在しただけではなかなか分からない。それどころか、ずっとつき合っていてもなかなか完全には分からないらしい。フライブルクに住む小説家のカルル＝ハインツ・オットの話によると、彼はドイツでもシュヴァーベン地方の生まれなので自分の方言はスイスの言葉と似ているし、ずっとチューリッヒやバーゼルの劇場で仕事もしていたので、スイスの言葉なら完全に理解できるような気がしていたが、劇場で会議があって細かいところで口論になるとやはり自分がスイスの言葉を百パーセントは理解していないことに気がつく、ということだった。もちろん、ある言葉が分かるか分からないかの基準が厳しい人とそうでない人がいるから、言葉というものを単純に考える人が「完全に理解できる」と感じるところを、作家は厳しく見すぎているのかもしれないが、それにしても、やはりスイスの言葉はわたしにとってだけでなく、ドイツ人にとっても難しいことが分かった。

スイスのドイツ語は三、四十年前には話されなくなる傾向にあったのが、その後、ぶり返したと言う人が多い。少なくとも、スイス人が自分たちのドイツ語を誇りに思うようになってきたことは確かなようだ。

バーゼルからグラウビュンデン州の山に何度か散策に行った。列車の中でわたしに話しかけて来た人たちの中には、標準ドイツ語は話さないが英語なら話す、という人が時々いた。英語があんなにうまく話せるなら標準ドイツ語を習うくらい簡単だろうにと思うのだが、標準ドイツ語はかたくなに口にしない。その話をバーゼルのスイス人にすると、「標準ドイツ語など話せるようになってもドイツ人とオーストリア人としか話ができない。それくらいなら、家ではスイスの言葉を話して、スイスの外では英語を話した方がいい」と言った人もいた。

スイスも、地方によってそれぞれ方言はあり、山一つ越えると言葉が違うと言う。わたしが「スイスのドイツ語」と言っているのは、それらの方言の共通項から生まれたスイス標準語であるから、方言というのとちょっと違うが、ドイツではこの言葉を「スイス方言」と呼ぶ人も多い。

普通の意味での方言ならばドイツにもまだ少なからず残っていて、バイエルン方言でもシュヴァーベンの方言でも田舎に行けばいくらでも聞ける。同年代でも、いつもは標準語をしゃべっていて実家に帰れば親と方言でしゃべっている人はいる。しかし、スイスのドイツ語はそういう「方言」とは違う。もう随分前のことだが、チューリッヒ工科大学で文学を教える作家のアドルフ・ムシュク氏に招かれて朗読会に行くと、氏が他の教授とスイスの言葉でしゃべっていたので、ああそういうものなのか、と納得したのをまだ覚えている。ドイツの大学では、たとえ同じ地方の出身者であっても教授同士が方言でしゃべっているということはありえない。

スイス人の書いた論文を読んでいたら、「スイスの言葉で自然科学や政治経済の話も不自由なくできるのか」と馬鹿なことを聞く人がいるがそんなことは当たり前ではないか、と書いてあった。スイスのドイツ語は使用範囲がプライベートな生活分野に限定された方言ではなく、政治も学問も論じられる言語だ。それは何より、ドイツに向かって自己を主張する言語なのかもしれない。

そして、その言葉はドイツ語であるということで、同じスイス国内のフランス語圏やイタリア語圏への壁にもなっている。たとえば、バーゼルやチューリッヒで文学祭があっても集まってくるのはドイツ語圏のスイス人だけで、フランス語圏のスイス人はパリに行く。いろいろな言語で書かれた文学が一つの「スイスの文学」というまとまりとして扱われることは滅多にないから、文学についてはスイスは国の内部にいくつも国境があることになる。もちろん文学だけでなく、経済的に豊かで保守的なドイツ語圏スイスと、その他の言語圏の間には見えない壁がある。たとえばドイツ語圏のスイス人が反対したせいでスイスがヨーロッパ共同体に入れなかった時には、フランス語圏の人たちが抗議の意味で椅子をたくさん持ち出して道路にバリケードを作り、見えない国内国境を一時的に見えるようにしたことがあった。ドイツ語圏スイスは独立中立国であることでますます経済的に甘い汁を吸おうと考えているだろうし、フランス語圏スイスの人たちはフランスに自由に就職できたらどんなにいいだろう、と考える。ちなみに、スイスのフランス語はフランスの人が聞いてもそれほど違っていないそうである。

バーゼルは大変住みやすい町だった。ドイツに住む「外国人」は人口の約十パーセントと言われるが、スイスはそれよりももっと多く、町でもインド系やアフリカ系の青年をよく見かける。彼らは気のせいか、大変リラックスしているように見える。ドイツにある一種の緊張感がない。ネオナチス的な雰囲気を漂わせる人間も見かけないし、町の人たちは外部から入って来た人間に少しも脅威を感じていないのが雰囲気で分かる。そういう意味で滞在していて快い。しかし、市電を待ちながら隣で立ち話している人のドイツ語に耳を傾けても、スイスの言葉なので、何の話をしているのか全く分からない。この町の世界に向けられた開放性とヨーロッパに向けられた閉鎖性の間でわたしは時々戸惑ってしまった。

8　ソウル　Seoul

押し付けられたエクソフォニー

二〇〇一年三月にゲーテ・インスティテュート(ドイツ文化会館)の招きでソウルに行った。ドイツ国外でドイツ文学研究者が一番多い国は韓国だと言われるほど、韓国のドイツへの関心は高い。最近はそれでもその関心がまた薄れる傾向にあるという話も聞く。わたしの他には作家のスザンネ・ガーゼ、ザビーネ・ショル、研究者のミヒャエル・ボーラーなどがドイツ、スイス、オーストリアから来ていた。「トランスカルチャー」というテーマで、朗読、シンポジウム、講演、学生とのワークショップなどが数日間にわたって行なわれた。

わたしは、東欧やアメリカにあるドイツの文化機関がわたしをドイツ語作家として招いてくれた時は手放しで喜んで行くが、ソウルは一度は断りかけた。行きたいことは行きたいが、韓国側はせっかくドイツから作家が来るというので喜んでいるのに、来るのが日本人では、がっかりするのではないかと思うと心配だった。しかし、その予想はみごとに裏切られ、韓国のドイツ文学研究者、作家、作曲家、学生たちは、熱心に対話を求めてきた。使う言葉は主にドイツ語だったが、ドイツ語を発する身体感覚が違う。聞き手の身体が具体的な暖かみとして感じられる。みんなで頭を寄せあって討論をしている時、又はいっしょに御飯を食べている時、会場へ移動する時、バスを待っている時、身も心も頭もそこにあって時間を分かち合う、というのはこういう感じだったのかと感動した。終わってソウルを離れる時には、別れの痛みさえ感じた。仕事で外国に行った時にはどんなにすばらしいところでも、別れの悲しみなど感じないわたしにとって、韓国は唯一の例外だった。

パネル・ディスカッションの時、パネリストの一人であった作家朴婉緒《パクワンソ》さんに対して、聴衆の中にいた学生が「影響を受けた外国の作家は誰ですか？」という質問を出した。朴《パク》婉緒《ワンソ》さんは、ドストエフスキーやバルザックを筆頭に、何人かヨーロッパの作家の名前を挙げた。すると、その学生は腑に落ちないというような顔をしてもう一度手を挙げて、「日本の文学は全然読まなかったんですか？」と尋ねた。今度は朴《パク》さんが驚いた顔をして、あなたは外国の作家で影響を受けたのは誰か、と聞いたのではなかったのか、日本文学が外国文学だという発想はわたしたちの世代にはない、わたしたちの若い頃は日本語を読むことを強制され、韓国語は読ませてもらえなかったのだし、だからドストエフスキーなどヨーロッパの文学も全部、日本語訳で読んだのだ、と答えた。

母語の外へ出る楽しみをいつも語っているわたしだが、日本人のせいでエクソフォニーを強いられた歴史を持つ国に行くと、エクソフォニーという言葉にも急に暗い影がさす。母語の外に出ることを強いた責任がはっきりされないうちは、エクソフォニーの喜びを説くことも不可能であるに違いない。

中国という文化的巨人と日本という侵略国家の間に挟まれて、韓国は徹底的に自分の言語の純粋性を求めるようになったのではないか、という印象を受けた。排除する対象は、日本語だけではない。漢字も排除されていった。「漢字を使わないようにしてハングルだけにしていったら、昔の本や学術書も読めないし不便じゃないの？」というわたしの質問に対して学生が「でも中国文化の大きすぎる影響を排除するためには漢字を使っていてはだめだ」と答えた。なるほど、漢字を使っていれば中国文化の巨大な傘の下から出られない。

わたしは迷った。言語の純粋さ、文化の純粋さなどありえない、それは自分で自分をだますことだ、とは思う。でも、日本語にはあまりにも漢語やカタカナが多すぎる。なるがままに無責任に放っておくのが、言語の自由な変身に繋がるのかどうか自信がない。だいたい外来語は勝手に入ってくるのではなく、誰か意識的に入れている人たちがいるのだ。彼らの顔が見えない。外来語を統制する動きがもし出てきたら、わたしは賛成するのか、反対するのか。統制というのはよくないことのようには思う。でも、フランス語などは、英語からの外来語が増えないように統制しているそうだ。それに比べて、日本語という言語は、なんだか衝動買いのせいで狭くなってしまった混乱したアパートの一室のように不要な外来語に溢れている。いらないものは買わない方がいいのではないか。「おしゃれな大人の女性をターゲットにした、ライフスタイルのトータルブランドとして先シーズン、デビューし、二回めのコレクションとなる今回は、新しくオープンした丸の内のショップでコレクションを開催。黒のシープレザーのシャツや、ベルベットのシャープなスーツやコート、襟を大きく開けドレープたっぷりのドレスなど、上質な素材を使ったシンプルで上品なスタイルを発表した」などという文章がごく普通に出回っている。カタカナで入ってくる言葉で一番多いのは、商品名と、それを飾り立てる形容詞で、中身の分からない外来物をありがたがる消費者の愚かさに付け込んで新製品を売るために外来語を入れているとしか思えない。「ズボン」など、せっかく長年使われてきて、「ずぼら」や「すっぽん」と似た古風な響きが面白くなりかけてきた単語を、勝手に「パンツ」などと呼び変えてしまう。デパートの洋品売り場がそういう言葉を使うのは勝手だが、やがて小説の中でもそう書かないとおかしいということになってくる。デパートの方針になぜ小説家が従わなければならないのか。

日本の作家でカタカナを大変意識的に使っているのは、富岡多恵子さんだろう。普通はカタカナでは書かない言葉をわざとカタカナで書いて解体していく。「コトバ」は、カタカナで書かれると、重さから解放され、不思議さが増し、シャーマニスティックな様相を帯びる。たとえば「波うつ土地」という小説ひとつ取ってみても、「カタギ」はカタカナで書かれると、しがらみから解放され、「ツッケンドン」は擬態語のようになって面白いし、「ステキ」とか「スキヨ」は俗語の溜まり場から拾われて舞台に上がって歌い出し、カタカナの「アタマ」「フトモモ」「ヘントーセン」を持った人間はアンドロイドのようでもあり、同時になまなましくもある。外来のものを有り難がるためのカタカナではなく、昔からあって死にかけているものの命を活性化するカタカナだ。これを読んでいて、外来語が不愉快だからカタカナを排除するという戦略では小説はやっていけない、むしろカタカナの可能性を最大限に発見することでどうにかするしかない、と思った。

文字について言えば、もう漢字とカタカナだけが、テキストの外来部品ではない。水村美苗さんの『私小説』のようにアルファベットの併用された小説も現れた。普通に日本語だけで書いている小説でも、CDやTシャツはアルファベットを使わなければ書けなくなってきている。意識的にアルファベットを取り入れることには意味があるが、わたしにとってどうでもいいCDやTシャツというものだけがアルファベットで書かれることにひどく抵抗を感じる。それはわたしがドイツに住んでいるせいかもしれない。友達がわたしの日本語の本を見た時に、何の重要性もないこれらの単語だけが唯一読める文字として浮かび上がって見えるのが嫌なのである。彼らの目はわたし自身の目にもなっている。だから、わたしの小説の登場人物はもうTシャツを着ることはできないし、CDを聴くこともできない。不便なことだ。あるいは逆に、もっともっとアルファベットを取り入れていくという手もある。そうすればCDやTシャツだけが目立つ心配はなくなるだろう。

もしも日本が韓国に対して政治的犯罪を犯していなければ、あるいは少なくともその責任をとっていたら、もっと言葉そのものに焦点を当てた言語交流が可能になっていただろうと思う。今の状態のままでは、韓国について書くのは難しい。日本とは関係の薄い国についで書いている時ほど、自由に筆を伸ばせることに気がついた。だから、ずっと書けないでいたこの本が、セネガルについて書き始めたら急に進み出したのだろう。無責任というのはよくないことだが、わたしはセネガルについては無責任に書いた。韓国については責任を感じるし、何を書いても自己欺瞞を感じてしまう。それは言語の問題だけに限ったことではない。たとえば、韓国の印象を聞かれたらわたしは、韓国では、人々の暖かさと知的好奇心をどの土地よりも強く感じた、と正直に答えてしまうだろう。他の日本人が他のアジアの国に行って軽々しく「暖かい」とか「いきいきしている」などと書いているのを見ると、苦笑が漏れる。そのくせ気がつくと自分でも同じことをやっている。

二〇〇二年の六月に、トリア大学で、「ドイツのメディアにおけるトルコ人像と日本のメディアにおけるアジア人像の比較」というテーマでシンポジウムがあった。最近日本のテレビには頻繁に日本以外のアジアの国の人たちが登場していること、彼らが「今の日本人が失ってしまった暖かさと生命力をまだ持っている人たち」とか「家族の絆や友情を大切にする人たち」という理想化されたイメージを背負わされていることが、発表を聞いていて分かった。一方、日常生活では、日本にいるアジア系外国人の多くは不止入国していてスリかマフィアだろうという偏見がはびこっている。理想化された像と恐怖や軽蔑の対象として歪められた像は、どちらも偏見という同じメダルの裏表なのだろう。メダルをかけられたチャンピオンにとっては大変迷惑な話である。

ヨーロッパにも昔から、ヨーロッパ文明の外にいる人間、いわゆる「野蛮人」は、残酷で恐いというイメージと、純粋無垢で愛すべき人たちだ、という二つのイメージが平行してあった。そして自分たちはそのどちらでもないことを確認し、「文明人」のハンコを自分に自分で押す。それと似たようなことを今の日本人はしているのではないか。他のアジア人を「かつては自分たちの持っていた暖かい人間味をまだ持っている遅れた人々」と決めつけることで、実は自分たちが冷たい先進国の人間になれたことを確認したいだけなのではないか。更に、自分がした植民地的な侵略、破壊、殺害の事実を認める代わりに、彼らの「暖かい人間性」を認めることで、密かに罪の意識を鎮めているのではないのか。

別れの日、ソウルの飛行場の掲示板には、東京行きの飛行機の便名、時間がいくつも表示されていた。日本に寄る時間がなかったので、それを横目に見ながら、パリ行きの飛行機に搭乗する時、東京に行けないので寂しい気持ちと、東京に行かないですむのでほっとする気持ちが微妙に混ざりあっていた。

9 ウィーン Wien

移民の言語を排斥する

オーストリアに行くと、作家として大切に扱われるので気分がいい。しかも日本によくあるような「売れているから大先生」という発想ではなく、売れなければなおさら偉い。でもそれは文化に直接関わる人たちといっしょにいる間だけの話であり、一歩、町に出ると、そうでもない。いい気分でウィーンの美術史美術館から出てきてカメラの電池が切れたので買おうと思ってリングを横断しようとした時、足首を捻ってころんでしまった。変わりそうになった青信号にあせって、駆け出そうとしたのがいけなかった。その瞬間に車が来なかっただけ幸運だった。捻挫したように痛む足首を引きずって、芝生に面した歩道のベンチにすわって、ひょっと見ると、ベンチはハーケンクロイツの落書きでびっしり埋まっていた。そんなベンチにすわっている自分がみじめだったが、他にベンチはないし、足首が痛くて歩けそうにないので、そこでじっとしているしかなかった。これでは風刺画にもならない。ハーケンクロイツのベンチに自分がすわっているのは、ナチスとの同盟国出身だからか、それとも現代のオーストリアで迫害されるかもしれない非アーリアの顔をしているからか。それとも、現在は迫害されるかもしれない側にいることで、本当は自分が迫害する側にいることの息苦しさから少しは解放されているのか。とにかく悲惨なカリカチュアだった。

数年前から、ヨーロッパのいくつかの国で、極右政党が移民排斥を政策に掲げて票を集めるという現象が起こっている。その傾向は潮のように引いたかと思うと又満ちて、海岸線は少しずつ迫ってきているのではないかと思えることもある。オーストリアもそういう国の一つだが、二〇〇二年の「三月の文学」フェスティバルに招待されて一年ぶりにウィーンに行った時にも、オーストリアに来て特定の年数がたった外国人にドイツ語の試験を強制し、試験に落ちたら国外追放という歴史上これまで聞いたこともなかったようなオーストリアの移民法が話題になっていた。ちょっと聞いただけでは、言語を尊重する真っ当な政策であるようにも聞こえる。しかし、外国に仕事をしに来た大人は、よほど語学に関心がある場合は別にして、労働者でも商社マンでも、忙しくて、なかなかちゃんとした語学の勉強などしていられない。ドイツでは仕事のない亡命者や難民は初めの何ヶ月か、国のお金で語学学校に通う権利がある。権利としての語学学習はいいことだと思う。義務としての語学もまあ許せる。しかし、試験をして落ちたら追い出すというのは、外国人追放政策の仮面に過ぎない。エクソフォニーは移民の権利ではあるが、義務ではない。特に政治的な理由で亡命しなければならなくなった人間に母語を捨てて、別の言葉にしろと強制するのはおかしい。亡命者を受け入れるということは彼らを言語ごと受け入れるということだと思う。

それだけではなく、もっと深刻な問題がこの政策の根底には流れている。「正しく」ない母語を排除しようとする発想である。ハイダーなどに代表されるオーストリアの保守派は、現代芸術を庶民の役に立たない退廃芸術として排斥しようとしている。ナチスの文化政策と同じである。特にオーストリアでは、実験的な文学がさかんだが、そういった文学者の過激さと、「普通の」人たちの持つ芸術観の間のギャップが、ドイツよりも大きいようだ。ドイツでは文学者もそれ以外の人も、戦争責任をめぐる政治意識に浸された同じ世界の住人である。だから、オーストリアほど実験的な文学がさかんではない代わりに、少しくらい難しくても現代文学を読む読者層が広い。

これは行く度に肌で感じることで、詩人たちはその他の市民とは関係なく「とんでいる」。わたしも年に最低二回はオーストリアに行くが、朗読会などで普通の理屈では理解できない散文詩的なテキストを一時間くらい読み続けても、オーストリアなら文句は出ない。そういうものを聞きたい人たちしか、初めから朗読会などには来ないのである。ドイツならば読者層は広く、いろいろな人が来るので、そんな詩ばかり読んでいると、「そういう夢のような話ばかり書いていて今起こりそうになっている戦争をどうやって食い止めるつもりなんだ」とか「同時多発テロに文学はどう応答するつもりか」などという質問が出たりする。そういうドイツ人の政治中心主義に呆れて、オーストリアが懐かしくなることもあるが、ある日本のドイツ文学研究者の話では、今のオーストリアの状況は、三〇年代のドイツと似ていて危ないのだそうだ。三〇年代のドイツは芸術活動を見ると今よりずっと前衛的な面白いことをたくさんやっているが、政治はファシズムに突入していき、それを食い止めることができなかった。

最近、一九七七年制作のエルンスト・ヤンデルの放送劇「ヒューマニストたち」をラジオで聞いた。ヤンデルは二〇〇〇年六月に七十四歳で亡くなったオーストリアの詩人で、言葉遊びの横綱だった。これだけ朗読会に人の集まる作家や詩人も他にはいなかった。だいたい純文学の朗読会などは三十人から五十人くらい人が来ていればまあ普通で、特別のフェスティバルなどであれば百人来ることもあるが、ヤンデルの場合は常に三百席はないと足りないと言われていた。彼の作品はそれほど耳を喜ばせてくれるものだった。

「ヒューマニストたち」では、いわゆる出稼ぎ労働者のドイツ語を思わせる構文をわざと並べていって、その表現力の可能性と、それを「わるいドイツ語」として抑圧しようとする側のぎょっとするような言語のファシズムを浮き彫りにしてみせる。移民労働者の言葉が良いといっているのではなく、言葉は壊れていくことでしか新しい命を得ることができないということ、そしてその壊れ方を歴史の偶然にまかせておいてはいけないのだというこ と、芸術は芸術的に壊すのだということをこの放送劇は教えてくれる。言葉遊びは閑人の時間潰しだと思っている人がいるようだが、言葉遊びこそ、追い詰められた者、迫害された者が積極的に摑む表現の可能性なのだ。

10 ハンブルク Hamburg

声をもとめて

わたしはいつも他所の町に出掛けてばかりいて、あまりハンブルクの自宅にいる暇がない。原稿は電車の中やホテルで書いている。たまに十日くらい続けて家にいると、家にいるというのは本当にいいものだなあ、としみじみ思う。ハンブルクはヨーロッパの町の中で特に面白い町か、と聞かれたら返答に困る。ベルリンの方が面白いことは確かだろう。でも、ハンブルクがわたしにとって特別な町であることは間違いない。日本を出てドイツに来た一九八二年からずっと暮らしているので、町を歩いていても、会社勤めの時代、学生時代など、いろいろな時期の思い出が重なりあって、いかにも「暮らしている」という実感がある。最近はわたしのように町から町へ移動し続けている人たちが増えた。そのような移動民へのアンケートが雑誌に載っていたが、「自分の町というのはどういう町か」という問いに対して、「自分を知っている歯医者さんと床屋さんがいる町だ」と答えている人がいた。「自分の自転車がとめてある町だ」と答えた人もいた。なるほどそうだ、と思う。

家にいる時は午前中、原稿を書いて、午後は散歩に行ったり、野暮用を済ませたりする。ただぼんやりとラジオやCDを聞いていることもある。音楽よりも文学の録音を聞いていることの方が多いかもしれない。

最近は、本屋でもかなりCDを置いているところが増えた。いわゆる古典文学の朗読カセットだけではなく、スポークン・ポエトリーのようなものや放送劇、作者自身による朗読、音楽家との共演などいろいろある。実験的な声の芸術はもちろん最近の新しい現象ではなく、むしろフルクスス運動などの時代の方が盛んだったに違いない。ヤープ・ブロンクスのCDなどは、聞いているとその時代の匂いがする。

ブロンクスの朗読は七〇年代のものだが、扱っているフーゴー・バルの作品などはずっと古く一九一六年に書かれたものだ。圧巻なのは、ダダイストのトリスタン・ツァラの「BRÜLLT(「叫ぶ」)」という作品の朗読で、この単語をブロンクスは四百十回、繰り返す。ドイツ語のbやrにはもともと恐ろしい振動と爆発がひそんでいるが、一回目からかなり喉を傷めるようなわめき声で始まり、もう限界ではないか、と思っても、まだまだ終わらず、聞いている方は我慢の限界にきて、早く終わらないかと密かに願いながらも恐いもの聞きたさでスイッチを消す決心はつかずに耐えているのだが、それでもブロンクスは叫ぶのをやめようとはせず、身体が裂けるほど力をこめ、このまま行ったら死ぬのではないかと思っても、まだまだ終わらない。声を出すということはこれほどすさまじいことだったのかと改めて感心する。普段、「叫ぶ」「喚く」「怒鳴る」という単語を何も考えずに平坦に発音している自分がむしろ滑稽に感じられてくる。

こういう激しい朗読も面白いが、現代は現代で、静かながら大変印象深いものがある。たとえばデンマークの詩人、インガ・クリステンゼンの自作の詩の朗読CDなど聞いているると、魔法をかけられたような気分になる。又、バルバラ・コーラーやオスカー・パスチオの朗読CDも派手さはないが、言葉遊びの断面が声になってくっきり浮かび上がり、文字で読んでいる時とは違った映像が浮かぶ。

声になった詩は、まじない、祈り、会話、演劇、演説、歌謡など、様々な世界と交わる。いろいろな声、いろいろな言語がスピーカーから聞こえてくるのに耳を傾けていると時々、「ネイティブ・スピーカー」という言葉を思い出してしまう。

日本の中学・高校での英語の授業で、たまに「ネイティブ・スピーカーの発音を聞いてみましょう」ということがあった。その場合、ネイティブ・スピーカーの声は必ずテープレコーダーから聞こえてきた。ネイティブ・スピーカーとは機械のスピーカーのことだった。そのせいか、わたしは今でも機械から聞こえてくる声の中に、遠くからやってきた人間の声の不思議さを感じてしまうことがある。機械の性能は悪い方がいい。ぶつぶつという雑音のかなたから、途切れ途切れに聞こえてくるのがいい。

文法は文字を使って学ぶもので、声を使うのは会話練習の時だけかと昔は思い込んでいたが、そんなことはないようだ。文法も声と深い関係がある。子供は、文字を学ぶ前に文法を学ぶ。リズムとして文法をとらえる。語順、分離動詞、冠詞などの文法の要所を音楽として感じることが子供にはできるようだ。大人だってある程度はできる。ここに八分音符が入るくらいの場所がまだ開いているから、何か前置詞が入らないとリズムが合わない、という感じ方が確かにあるように思う。

わたしが前にドイツ語のes(英語のitにあたる)という単語の不思議さについてエッセイを書いたのを読んで、著作を送ってくれたベンクト・ザントベルクというスウェーデン在住の言語学者がいる。時々意味論からは全く説明できないすごく変なesの使い方がある。意味のうえからだけ文章を作っていくと、たまに空白ができてしまう、そこを休符にするわけにはいかないという理由で、esが入る場合もあるのだというようなことをザントベルクは書いている。わたしのこの要約では簡略化されすぎて、言語学的に見れば反論もあるだろうが、個人的な経験から言って、「この場所に一つ単語が入らなければ、こけてしまう」という文法感覚は納得できる。

そうすると、子供はもちろんのこと、大人も声を出してテキストを読むことで、ある程度、文法を「身につける」ことも可能だということになる。

それから、もう一つ、音楽のような文法で大切なのは、感情だ。わたしは記憶力が弱いので、新しい単語などなかなか覚えられなくて昔から苦労した。しかし口にした瞬間、自分の中で感情が動いた場合はすぐに覚えられることを発見した。すごく腹を立てて口にした単語は、一生忘れない。言われてすごく嬉しかった文章に出てきた単語も忘れない。心が動くと、単語は記憶に確実に刻み込まれる。子供は感情の起伏が激しいし、不満をまぎらわす方法をあまり知らないので、何か欲しい時はどうしても欲しいし、悲しいとすぐ泣いてしまう。感情が激しく動いているということは、言葉を覚えるうえでは有利なことかもしれない。

日本語でもたとえば、動詞に「て」をつける形は、理屈ではなかなか覚えにくい。日本語を教えていた頃、学生が苦労していたのを覚えている。「書く」が「書いて」になり、「買う」は「買って」になる。こんな難しい動詞の変化をなぜ小さな子供が覚えられるのかと不思議に思うが、よく考えてみると、「て」はおねだりの「て」と形が同じなので子供にとって練習の機会が多い。しかも、なまの欲望と結びついている。「ねえ、これ買ってぇ！」とか「あれやってぇ！」とねだり続けて覚えるのだろう。基本形を変化させるのではなく、「て」の付いた動詞の形をそっくりそのまま覚える。そして、そのおねだりの「て」が、何年かたってから接続の意味で使われる場合にも、つい幼児形のメロディーで出てしまうのが、女学生(男の子も含めて)言葉の、「だからあの服買ってぇ、着てみてぇ、気に入らなくてぇ、またお店に戻ってぇ」という甘えた抑揚の由来かもしれない。

家にいる時には夜よくラジオを聞く。テレビは一ヶ月に一度くらいしか見ないが、それはテレビの映像が映画に比べて耐え難くチャチであるというだけでない。話される言葉が、やたらに絨毯を持ち上げてバタバタさせているだけで、埃が舞いたち、落ち着かないわりに、少しも刺激がないという点にある。

国営放送のラジオ番組は充実している。放送劇、ドキュメンタリー、文芸時評、演劇評、絵画展の紹介、翌日のいろいろな新聞が(フランスやイタリアの新聞も)同じ事件についてどう書いているかを短く比較紹介していく番組、文学作品の朗読、現代音楽家へのインタビューと作品紹介などいろいろある。わたしの一番好きな局は《ラジオ・ドイツ》のベルリン局。昔は北ドイツ放送などもよかったが、最近予算が足りなくなってきたのか、内容が薄くなり、CDばかりかけてごまかしているような傾向が強くなってきた。ドイツでは、ラジオが文学に果たす役割は大きい。

詩や小説を読む時には、言葉を聞いて映像を思い浮かべる能力が要求される。映像を生み出す言葉の力を聴覚を通して最大限に引き出してくれるのがラジオ文化ではないかと思う。だから、本を読むのが好きな人には、ラジオを聞くのが好きで、テレビが嫌いな人が多い。

わたしがハンブルクに来たのは一九八二年のことだが、当時のわたしの耳は今のわたしの耳とは違っていたと思う。ドイツ語はすでに日本で勉強していたものの、聞き取りの能力はなかった。辞書を引きながらなら、かなり難しい本でも読めたし、文法も単語も分かっているから、こちらから言いたいことは言えるが、相手の言うことが聞きとれない。赤ん坊の逆である。赤ん坊なら本は読めないし、まだしゃべれないが、人の言うことはかなり分かる。わたしが自分から一方的に作った文章は文法的に正しくても、理屈だけで組み立てたものであるから、音楽的流れはなかった。そのうちに、だんだん相手の言っていることが、すいすい耳に入ってくるようになってきた。それは、個々の単語や文節が聞き取れるようになってきたということの他に、全体の流れが音楽的につかめてきたということだろう。

たとえば、音が揚がったままなら、まだ文章は終わっていない、というような単純なメロディーの問題に加えて、意味の区切れ目もリズムで分かるようになる。主文には主文の、副文には副文のメロディーがある。一つの文章の中に、強くゆっくり発音する単語というのが必ずあり、それが意味の中心をなす。他の単語は、弱く早足に通り過ぎていく。つまり、文の構造は文のメロディーにある程度現れていて、それを音楽的に聞き取れれば、見取図をもらって大きな建物の中を歩くようなものだ。

母語の外に出ることは、異質の音楽に身を任せることかもしれない。エクソフォニーとは、新しいシンフォニーに耳を傾けることだ。

長年その土地に暮らして、会話を重ねれば、いわゆるネイティブ・スピーカーと喋り方が似てきて、「なまり」がなくなってくる。しかし、なまりをなくすことは語学の目的ではない。むしろ、なまりの大切さを視界から失わないようにすることの方が大切かもしれない。田中克彦氏の『クレオール語と日本語』を読んでいたら、「発音のみならず、思想のナマリがなければ、その人はフランスの勉強をする理由はほとんどありません。そしてまた、なまることがささやかながら世界の思想と人類の文化に貢献する方法なのです」と、「なまること」の重要さが強調されていた。

この間、ハンブルクに戻る列車の中で窓が開いていて、夏でも通り風が冷たかった。隣の人が閉めましょうか、と言ったのをきっかけに天気などについて軽い会話を交わした。その人が「あなたはなまりが全然ないんですねえ」と感心して言うので、わたしは苦笑した。どうでもいいことをどうでもいい人としゃべっていると、なまりが消える。しかし、自分の頭で考えて真剣に何か言おうとすると、なまりが出る。自分の書いた詩や散文の朗読ともなると、なまりそのものがリズムの重要な構成要素にさえなる。

文学を書くということは、いつも耳から入ってきている言葉をなんとなく繋ぎ合わせて繰り返すことの逆で、言語の可能性とぎりぎりまで向かい合うということだ。そうすると、記憶の痕跡がたくさん活性化され、古い層である母語が今使っている言語をデフォルメするのかもしれない。

だから自分がこれだと思うドイツ語のリズムを探して文章を作り、それを朗読する時には、いわゆる自然そうな日常ドイツ語からは離れる。ドイツ語として聞いていて大変聞き取りやすいとはよく言われるが、それでもどこか「普通」ではない。それはまず何より、わたしという個体がこの多言語世界で吸収してきた音の集積である。ここでなまりや癖をなくそうとすることには意味がない。むしろ、現代では、一人の人間というのは、複数の言語がお互いに変形を強いながら共存している場所であり、その共存と歪みそのものを無くそうとすることには意味がない。むしろ、なまりそのものの結果を追求していくことが文学創造にとって意味を持ちはじめるかもしれない。

ハンブルクで半年程、ある発音の専門家に師事して、自分の発音を分析したことがある。この専門家は、強い方言色のある俳優が方言を出したい時だけ出せるように訓練したりすることを仕事にしている。まず、発音の癖を徹底的に分析する。たとえば、わたしの場合、全体的に発音が平坦で、強弱がはっきりせず、一つの単語を強く言おうとすると強く言う代わりに抑揚を揚げてしまうことが分かった。日本語を第一言語とする人には大抵この傾向があるように思う。英語も同じだが、ドイツ語で「わたしはきのうベルリンに行った」という内容の文章を声に出して読む時、「ベルリン」という単語を他のすべての単語よりも強く発音する(もちろん、いつベルリンへ行ったのかが問題になっている文脈の場合は「きのう」を強調する)。しかし、強く発音するというのは日本語の場合と違って、声の調子を揚げるということではない。強調されるべき単語のアクセントのある音節を強くゆっくりめに読み、その他の単語は速めに弱く読む。日本語ではこのような読み方をすると、品がなくなる。のんびりと全部同じ強さ、同じ速度で読まないと日本語は落ち着かない。

ドイツ語で唯一わたしが好んで強調する単語は nicht(英語の not)だが、これだけは特別な場合を除いては特に強調して読んではいけない単語なのだ。強く読まなくても文全体をひっくり返してしまう単語だから、自然に浮かび上がってくるので、強く言うとかえって可笑しいのだという。でもわたしにとっては唯一、強調すると快感を感じる単語なのに残念でならない。

このような自分の「なまり」の特質についてよく考えてみると、わたしの文体の特徴と切っても切れない関係にある。どの言葉も同じようにヒエラルヒーなくずらずら並んでいて、否定の仕種だけが嬉し気に跳ね上がる。この「なまり」は矯正するよりも、積極的に磨いていくしかない。

自分のなまりを分析していて、他にも次のようなことが分かった。日本語の「ぼんやり」という時の「ぼ」が上と下の唇の間で破裂する勢いは、たとえば「Buch ブーフ（本）」という時の「b」の破裂に比べるとずっと弱い。だから、ドイツ語でbと言う時の爆発が弱くなってしまっている。それから、日本語の「ん」は喉の奥を閉めて出す音だが、ドイツ語の「n」で単語が終わる時には、喉の奥を閉めただけでは足りない。舌を口蓋に押し付けなければいけない。又、「u」は日本語の「う」よりもずっと開いていて強く、日本語の「お」に近いところにある。細かくみていくと、そっくりに聞こえる音の一つ一つが違っている。聞こえる人には聞こえるし、聞こえない人には聞こえない。これらの差異に耳をすませる努力はする。時には俳優並みの情熱を持って。しかし、それは、自分の「なまり」がいけないと思っているからではない。自分の育った環境としての音体系の外部にあるものを知りたいから、馴染みのない音を舌で学び取ろうとするのである。相手に対する好奇心から学び取った外国の響きは「真似」ではなく、一つの学習の軌跡として「なまり」と共演し始めるだろう。そして、そのデュエットのバランスは安定することなく、常に変化し続けていくに違いない。

先日、ハノーバーで知り合ったあるソプラノのオペラ歌手の話によると、彼女はプロになってからもう何年もたっているが、時々、自分の発声を外から見てくれる先生のところへ行くのだそうだ。歌っているうちに前にはなかった新しい癖が出てくる。わたしも声を出していて、似たような経験をした。これまで苦労なくうまくできていたことが急にできなくなったり、せっかく学んだことが歪んでいくこともあるし、これまでとてもできそうにないように思えたことが、いつの間にかできるようになっていたりもする。二つの言語が頭の中にある場合は特に、両者の間のバランスが安定しないので、発せられる音の体系が絶えず変化しているのかもしれない。

11 ゲインズヴィル Gainesville

世界文学、再考

二〇〇二年の春にフロリダ州ゲインズヴィルにあるフロリダ大学でレクチャーをした時、「日本では、日本文学と世界文学という区分けをするそうですね。そういう分け方をどう思いますか?」という質問が出た。質問をした人は、日本のことをよく知っている人なのだろう。わたしは日本にいた頃には、たとえば文学全集などの、日本文学全集と世界文学全集という奇妙な分け方を少しも不思議に思わなかったが、確かに言われてみると変だ。この分類の仕方だと、世界の一部が日本なのではなく、世界は日本の外にあるということになってしまう。

ドイツでは分け方がちょっと違っている。たとえば、現代の作家についての情報をファイル式に次々と追加していく現代文学辞典があるが、ドイツ語文学と外国語文学という分け方になっている。日本と世界ではなくて、ドイツ語と外国語となっているところが日本とは違う。ドイツ文学と言ってしまったら、オーストリアやスイスが入らなくなってしまうし、ドイツ語で書いているトルコ人やチェコ人やその他大勢の文学はどうなるのかという問題が出てくる。ちなみに、わたしが書いた小説には、ドイツ語の作品も日本語の作品もある。その作品群についてアルブレヒト・クロッパー氏と松永美穂氏が共同で解説を書いてくれたが、わたしはどちらの辞典に載るかと思って辞典の編集者に尋ねてみると、両方に載せるしかないだろう、ということだった。あらゆる境界線は越えられるためにある。

最近ロシアで現代日本文学のアンソロジーが出たが、それは二冊に分かれていて、「OH(彼)」という方には男性作家の作品が、「OHA(彼女)」の方には女性作家の作品が入っている。これも又、一種の「分類」である。日本の書店では結構この分け方をしているところがある。女性作家は男性作家とは書き方が違うか、などという議論がわたしがハンブルク大学にいた頃はまだしきりと耳に入ってきたので懐かしかった。しかしロシアで出たアンソロジーは、ジェンダー論というよりは、デパートなどで男性服と女性服が分かれているような意味で二冊に分けたのではないかと思わせるようなオシャレなデザインのものだった。そう言えば、最近中国で出たシリーズも「中日女作家新作大系」という名前だった。文学の分類が国から性に完全に移行したのなら、それはそれで面白いかもしれないが、どうやらそうではなく、「日本」という限定の下に「女性」という限定を付け加えている。

ジェンダーは生物学的な意味での性ではないので、女性文学は男性文学とは違う、という大学での論議はそのうち、男の作家の作品でもジェンダーで言えば女性文学でありえるということになり(そしてわたしたちは当時、自分の好きな作家はクライストでも誰でもみんなジェンダーは女ということにしてしまった)、それで収まるかと思えば、そうでもなくて、その後、生物学的な性を全く無視することはできない、という見方がまた強く出て来た。わたし自身は結局、「生物学的な性も社会的な性も無視することはできないが、どんな性も作家を限定することはできない」という一般論に達してしまった。

ドイツには移民文学というジャンルがある。わたしもドイツ語で書いたものについては移民文学の作家と見なされることがあり、「移民文学の作家と言われてどうですか。限定されているようでいやではないですか?」とインタビューなどでよく聞かれる。「女流作家と言われると、どんな気がしますか?」という問いが昔はあった。もうだいぶ前から「女性作家」という言い方の方が一般的になったが、もしかしたらジェンダーは「性」より「流」に近いかもしれない。「性」は持って生まれた性質や宿命を指すが、「流」は「こんなやり方でやってます」という流儀のことだろう。いやなら水に「流」してしまうことだってできる。「女というのはこういうものだと習ったのでそんな流儀でやってます」とか、「でもその流儀はやっぱり面白くないなと思ったので最近ちがう風にやってます」ということで、作風が女流なのではなく、人間として女流な人間が書いた作品をさす意味で「女流文学」と言えばいい。女だから持って生まれた性質や宿命があると言いたげな「性」の字には、ちょっといかがわしい真面目さがあり過ぎる。

又、ドイツにはないが、北アメリカ大陸では、人種を問題にすることが多い。カナダのフェスティバルに呼ばれたら、Literature of Colour とプログラムに書いてあったので驚いた。色彩豊かな文学という意味かと思ったら、「有色人種文学」という意味でそう付けたらしい。アフリカ系、アジア系カナダ人の作家が来ていて、わたしもそこに出演した。これは、白人と有色人種というカテゴリーで捉えることのできる社会問題が存在するから、そういう設定でやるのだろうが、ドイツの社会状況にはあまり当てはまらない。たとえばドイツでネオナチに狙われる「外国人」は、ロシアから帰って来たドイツ人、ポーランド人、ユダヤ人、イタリア人、スペイン人、旧ユーゴスラビア人など「白人」であり、もちろんアフリカ出身者やトルコ人、ベトナム人などの襲われた事件もあるが、「白人」「有色」という分け方にはアメリカと違ってあまり現実性がない。

文学の分類にはもっとユニークなものもある。ベルリンで数年前に性をテーマに文学フェスティバルが数日あって、第一夜が「ヘテロセクシュアル文学」、第二夜が「ホモセクシュアル文学」、第三夜が「フェティッシュとサドマゾ」、第四夜が「その他」となっていて、わたしはその第四夜に呼ばれた。多分、事物にも樹木にも文字にもエロスを感じてしまうアニミストとして「その他」の夜に呼ばれたのだろうが、前日、会場に電話があって、「その他というのはどういうことをする人たちですか?」と聞いた人がいたらしい。

小さな言語、大きな言語

12　ワイマール Weimar

一九九九年、ゲーテの生誕二百五十年祭で、ワイマールに行った。ゲーテが使った「世界文学」という概念についてパネル・ディスカッションがあり、現代世界にとって世界文学とは何か、まずステイトメントを出して欲しいと言われた。そう言われてまず念頭に浮かんだのは、文学の翻訳ということだった。国民文学と対になった世界文学という概念そのものにはあまり興味は持てなかったが、文学が国境を越える瞬間、言葉が変わることには興味があったので、わたしは、今の時代に「世界文学」というのは翻訳文学のことではないか、というステイトメントを出した。なぜなら、わたしたちは世界の文学に触れるには翻訳文学の世話になるしかない。翻訳は必要悪のように考えられ、文学を語る時にはこれまでまともに話題にされたことはなかったし、まして文学の本質に関わるものとは思われていなかったが、わたしは世界文学はまず翻訳文学だというところから出発したい、と思ったのだ。

パネルに参加したのは、ドイツの現代文学の若手ドゥルス・グリューンバインとインゴ・シュルツェ、ロンドン在住の亡命作家でナイジェリア出身のベン・オクリと、同じくロンドン在住の亡命作家で中国出身のヤン・リャンだった。

ベン・オクリが、「英語では本当のアフリカが描ききれないのではないか。現地の言語を使わなければいけないのではないか」という質問をこれまで嫌というほど受けた、と言った。確かに変な質問だとわたしも思った。英語も異質のものを吸収しながら日々変化しているのだし、いろいろな英語がある。そうでなければ、英語ではイギリスでの生活しか表現できないということになってしまう。一つの言語が何を表現するのに適しているのか、決めてかかることはできない。それに、「本当のアフリカ」という物があるわけではなく、アフリカをどのように体験するか、把握するか、表現するかには無数の道がある。ドイツだって、どの作家が「本当の」ドイツを描いているかなどと聞かれたら答えは出ないはずなのに、相手が発展途上国だと見ると、そこに客観的な「現実」の問題があるだろうとすぐに考えるのはおかしい。書く言葉も書かれる対象も無数の顔を持っている。もちろん、まだ発見されていない顔もたくさんある。

ベン・オクリのようなアフリカ出身の作家が英語で創作していることへの非難を含んだコメントには、なぜ絶滅の危機に晒された小さな言語を救わないのか、という気持ちも含まれているようだ。文学が死滅していく言語を救う救急車の役割を背負わされてしまっているのだ。ある言語が次第に使われなくなり忘れられていく現象は、ずっと昔からあったのだろうが、それを人工呼吸によって無理にでも救おうという動きが、ここ半世紀の間に目立つようになってきたように思う。ヨーロッパでも、英語がますます世界に広がっていくのに平行して、又、通貨の統一などを通してヨーロッパという一つの共同体を作ろうという強い動きと平行して、逆に小さな言葉を救おうとする動きがますます目立ってきた。たとえばスイスではレト・ローマン語が、アイルランドではゲール語が、地方によっては学校でも教えられるようになり、毎日ラジオから流れるようになった。

小さな言語保護政策の際、大切にされるのは、詩人である。詩が書かれなければ、その言語が生きているとは言えない。一つの言語を話す人の数が少なければ少ないほど、詩人の割合は増えるようだ。それは小さな言語が死んでたまるか、と考えたとたんにその言語をしゃべる人を詩人に変貌させてしまうのか、あるいは政府が詩人を保護するからなのか、分からない。ドイツ東部のバオツェン付近で話されるソルブ語などは、その良い例だろう。現在ではソルブ語しか分からないというのでは暮らしていかれないので、みんなドイツ語もできるが、ソルブ語の話せる人は恐らく全部で三千人くらいだろう、と聞いた。それでもわたしはこれまで三人もソルブ語で詩を書いているという詩人に会っている。人口比から確率を割り出すと、アメリカではすでに二十八万人の詩人と出逢っていてもおかしくないことになる。ちなみにソルブ語は東独時代にはかなり政府の保護を受けていたらしい。東ドイツの内部にマイノリティの言語としてスラブ系の言語があるということが、東ドイツを大きく見せたからかもしれない。

小さな言葉を母語としている人の方が詩人になる確率は大きい。詩の読み手についても同じことが言える。ドイツの詩人エンツェンスベルガーがいつか新聞に書いていたが、現代詩の詩集などというものはクロアチア語で出版されても、アメリカで英語で出版されても、売れるのは二千部弱であることに変わりはないそうだ。アメリカの人口はクロアチアの人口の六十倍くらいだろう。つまり比率から見ると、クロアチアでは詩集がものすごく良く売れるということになる。

しかし、小さな言語で書かれた文学はほとんどの人には読めないわけだから、多くの人の読める言語に訳されることになる。すると、滅びかけた語彙、思考のリズム、語り口、映像、神話などが、翻訳という形で大きな言語の中に「亡命」し、そこに、ずれ、ゆがみ、戸惑い、揺れ、などを引き起こすことになる。これほど文学にとって刺激的なことはない。だから翻訳文学は、大きな言語を変身させる役割も果たす。

小さな言語を母語とする作家が英語など大きな言語で創作し始めると、大きな言語の中に変化がもたらされる。それは、狭い意味での言語レベルに留まるものではない。歴史を見つめる特殊な視角、魔術的なものを捕らえる感覚器などが、文学言語に入ってくる。小さな共同体に属する人間は、歴史を勝利者の立場から眺める危険を免れやすい。又、その共同体が小さいために、工業化の過程に時間的、質的ずれが生じ、魔術的な世界が言語の中に違った形で姿を現す場合も少なくない。

ちなみに、ベン・オクリと同じように今はロンドンに住んでいる中国から亡命してきたヤン・リャンは逆に、英語で書く気など全くないと話した。イギリスやアメリカによくある移民文学の平坦な英語には我慢ができない、とも言った。中国語はもちろん「小さい」言語ではない。ヤン・リャンが中国語で朗読すると、言葉が轟々と流れ出す。わたしは「黄河」という字を思い浮かべていた。後に彼とナイアガラの滝の近くで再会したのも偶然ではないだろう。水の量がとにかく多く、流れに力強いものがある。彼の好きな詩人は屈原だそうだが、後で『天問』を読みかえしてみて、その思考のリズムに魅せられ、これと同じことを英語でやれと言われても無理だろう、と思った。彼にとってこれが詩作ならば、「英語でもちょっと書いてみれば？」などと言われても、とんでもないことなのだろう。しかし、もしも屈原の天に問いかける声が英語という言語の中に入って、独特の英語の流れができていったら、それも魅力的だろうと思う。

13 ソフィア Sofia

初めてソフィアに行ったのは二〇〇〇年の三月のことで、道行く人々のコートの胸にも、街路樹にも、春を迎える赤と白のリボンが飾ってあった。タキトゥスの『歴史』に出てくるトラキア人と通行人を重ね合わせて夢想にひたりたくなるような不思議な雰囲気がソフィアには漂っていた。ヨーロッパには、プラハやウィーンなど美しい古都は多い。しかしそれが現代の生活を邪魔しないで、しかも観光客を満足させるあまりに整い過ぎた作品に完成されている。それに比べて、ソフィアには観光客というものはまだほとんどいないし、生活にも快適でない面がいろいろある。ローマの遺跡から、ビザンチン教会、トルコ時代のイスラム寺院、わたしの好きなロシア教会、ウィーンで勉強した建築家たちの建てたアールヌーボー、ソ連風の建物など、観るものはたくさんあるが、歴史の歩みが巨人の足跡のようにざっくざっくと残されている中に人が暮らしているという感じで、疲れるが、興奮する。ちょっとした過去をお土産風にいじくっているような小規模ないわゆる「観光地」ではない。歴史という巨大な工事現場に放り出されたような感動がある。

ドイツ語を勉強する学生が減って困っている、とドイツ語教師が日本やアメリカで嘆いているのをよく耳にするが、東欧圏はそんなことはない。むしろ、増えているところもある。ソ連が崩壊してから英語をやる人が急増したが、だからドイツ語をやる人が減るわけでもないらしい。プラハやブダペストと同じで、ソフィアでわたしが感動したのは、ドイツ語で文学の好きな若い人たちと話をしていると、西洋と東洋とかいうカテゴリーではなく、たとえばチェーホフが好きだと言うと、あ、僕も好きだ、という感じで、すぐに仲間と見なしてくれることだ。むしろドイツの朗読会の聴衆の方が、日本人は別世界の人間だと考えているようで、西洋と東洋を隔てる壁が頭から離れない人が多い。

ソフィアでは、ベルリンに住むブルガリア人の詩人ツベタ・ソフロニエヴァと知り合い、いろいろ案内してもらった。ブルガリアというと、ツベタン・トドロフやジュリア・クリステヴァを思い出すので、インテリの出ていく先はフランスだけかと思うかもしれないが、ドイツに住んでいるブルガリア出身の作家も少なくない。

国立図書館の前にキリル兄弟の像が立っていたので思わず「そう言えばブルガリアではロシアより前からキリル文字を書いていたんだっけね」と言うと、ツベタが初めて恐い目をして、「当たり前でしょ」と冷たく答えた。後で考えると、これは中国人に向かって、

「中国では日本より昔から漢字を使っていたんですね」と言うようなもので、随分馬鹿なことを言ったものだと思う。それでもツベタはわたしを見捨てることなく、二〇〇二年の秋にもう一度、ソフィアに招待してくれた。

ツベタは物理学を専攻しアメリカに留学していたこともある。詩を書き始め、ベルリンに住み始めてからはドイツ語でも小説などを書いているが、迷いもあるようだ。ドイツ語で書くべきなのか、書かないべきなのか。ドイツ語では書かない方がいい、とドイツ人の詩人に言われた、などとこぼしていたこともある。

二〇〇二年のシンポジウムではドイツから招待されてきたウルリケ・ドレスナーやブリギッテ・オレシンスキーなどの詩人たちと、ブルガリアの詩人たちの間で討論があった。その内容はこの本の内容とあまり関係ないので割愛するが、その時に来ていた人たちとオスカー・パスチオの話をしたことが強く印象に残っている。

パスチオはルーマニア出身のドイツ語詩人だが、この年、七十五歳になったので、いろいろ催し物があった。彼の作品のドイツ語の使い方を見ているといつも、せっかく外国の言葉で書くのだから、わたしもこれくらい意識的にとんでみたい、と励まされる気がする。普通に小説なんか書いていても意味がない。そのパスチオの詩に「ハイマート(故郷)」をテーマとして扱った作品が一つある。もちろん、故郷といっても、移民の身を嘆き故郷を懐かしむ、などという詩を彼が書くわけがない。むしろ、故郷についてのアンソロジーを創るから何か書いてくれ、と頼まれて、故郷なんていうイデオロギーをずっこけさせてやろう、と思って書いたに違いない。ドイツ語の「Heimat(故郷)」は歴史的にいかがわしいにおいの染みてしまった言葉で、日本語の「祖国」と同じくらい使いたくない言葉である。そこで、パスチオは、Heimatをわざと自分流に分解し、「Heim(うち)というのは何のことなのかよく分かっているつもりだけれど、しかし残りのatって何だろう?」と言って、atで終わる単語の次々出てくる詩を書いた。Automat(自動販売機)とかPlagiat(剽窃)とか、とにかく「故郷」という言葉の背負わされてしまったイデオロギーを笑い飛ばしてしまうような単語が無数に出てくる楽しい詩である。わたしも後にこの詩の入っているCDを手に入れた。

パスチオの話をしてくれた人が「昔は東ドイツに逆引きのいい辞書があったから、こういう時にも役に立ったけれども、今は絶版になっているのが残念だ」とこぼした。東ドイツという国そのものが絶版になっているのだから仕方ない。それにしても、なぜ東ドイツがそのような辞書を出していたのかは調べてみたら面白そうだ。

辞書はときに言葉をイデオロギーから解放する役割を果たす。辞書は秩序正しく言葉を整理したもののように見えるが、実はアナーキーな機関なのだ。逆引き辞書などというものも、意味の似たものが集まることもあれば、無関係なものが集まることもあり、全く恐ろしいものだ。韻を踏むような詩を書く時には便利なのだろう。わたしもドゥーデンの電子辞書を持っているので、逆引きができる。

考えてみると、逆引きでなくて普通の辞書でも、辞書のアナーキーなところは、綴りがあいうえお順やアルファベット順に並べた時に隣だというだけの理由で、意味が無関係の単語どうしが隣り合って載っているところにある。そういう意味では、類語辞典はアナーキーではない。ここには、意味的に近いものたちが集まっているのだから。ドイツ語にはいろいろ類語辞典があるが、わたしはドルンザイフ社の『ドイツ語の語彙』という類語辞典を使っている。類語辞典はものを書いている最中には意外に使えないものだ。小説を書いていて、この場面には他にどんな描写の可能性があるか、などと考えるのは二秒間くらいの長さだろう。それは脳の芯まで疲れるような凝縮された時間だが、時間的には短い。そうしないと、その次の文章が逃げていってしまうからかもしれない。だから小説を書いている時には類語辞典は使えないが、原稿締切りなどに追われていない日に、ぼんやりとめくりながら読んでいると本当に楽しい。

ドルンザイフの類語辞典は初版は一九三三年に出たようだが、新しい版は今でも出版されている。全体が「無機の世界、物質」「植物、動物、人間(肉体的な意味での)」「空間、長さ、形」「大きさ、量、数、度合い」「存在、関係、出来事」「時間」「可視性、光、色、響き、温度、重さ、個体・液体・気体、匂い、味」「場所の移動」「欲することと行なうこと」「五感」「感情、情緒、性格」「思考」「記号、伝達、言語」「文献、学問」「芸術」「社会環境」「機械、技術」「経済」「法道徳」「宗教、超自然」の二十章に分かれていて、それぞれの章の中が、更にたくさんの項目に分かれている。たとえば、「Sichtbar（目に見える）」という項目には、「あらわれる」「形作る」などの動詞、「外見」「視界」「可視性」などの名詞、「目立つ」「明瞭な」などの形容動詞、「目の中に飛び込んでくる」などの慣用句などが七十五個も集めてある。もっと奇妙な項目の例を挙げると、「Ehelosigkeit（婚姻関係の不在）」という項目を見ると、「独身」を表す口語、法律用語などがたくさん並んでいるだけでなく、「アマゾン」「青鞜」「処女」「御曹子」「女嫌い」「独奏者」「僧侶」などに当たる単語まで集めてある。言葉の定義ではなく、人間の連想の一般的方向を知ることができる。そのため、この辞書を読んでいると、文化の舞台裏を垣間見るような気さえする。

類語辞典が単語を集める感覚は、昆虫採集、植物採集の感覚である。「経済」の章など、十五ページしかないのに、植物や動物の章は百五十ページもある。ひょっとしたら、この類語辞典は一種の動植物辞典であって、普通の単語もわたしたちの脳に生息する一種の昆虫または植物として集められているのではないか、とさえ思えてくる。

　人間の頭の中はいったいどうなっているのだろう、言葉たちはどんな配置で並んでいるのだろう、と辞書を見ているとよく考える。アルファベット順や、あいうえお順に並んでいないことは確かだ。「アニメーション」と聞いて「あによめ」を思い出し、「預ける」と聞いて「小豆」を思い出す人はいないだろう。多分、あいうえお順に並んでいないだけでなく、線上にも並んでいないだろう。類語辞典は、グループや章や個々の単語の順番を変えてもいいわけだから、線というよりパッチワーク的な辞書だと言えるかもしれない。わたしたちの頭の中もどちらかというと線ではなく、面、いやそれどころか立体的に言葉が並んでいるのかもしれない。

　野村進の『脳を知りたい！』という本で失語症について読んでいたら、普通名詞と固有名詞では記憶されている場所が違うと書いてあった。それは経験から言って多分そうだろうと思う。わたしなどは固有名詞がどうしても思い浮かばない「ど忘れ」がよくあるが、普通名詞が思い浮かばないことは滅多にない。普通名詞ならば、確かこの辺にあるはず、と記憶されている場所がだいたいすぐに分かり、近くにある類義語にひっかけて取り出すことができるが、固有名詞はどこに入れてあったのか、場所が漠然としている。たとえば「映画俳優の名前。女。フランス」というようなレッテルの貼られた引き出しに入れてあるならすぐに出せそうだが、どうやらそのような引き出しは頭の中には存在しないようだ。俳優の名前をたくさん覚えている人を観察していると、どの映画に出て、ということの他に、誰と昔結婚していて喧嘩別れして、などということもよく知っている。多分、名前と名前の間のなまなましい関係があればいっしょに釣り上げることができるが、孤立した名前を引き出しに入れておいても見つからなくなってしまうのだろう。

ただ、面白いのは、外国語の場合、固有名詞は普通名詞といっしょに記憶されている場合もあるということである。たとえば、わたしの行く目医者はハーゼンバインさん(直訳すると「兎の足」)という名前だが、目医者に行こうと思う時、わたしは動物のカテゴリーの中から名前を探している自分に気がつく。年に一度くらいしか行かないので、名前は自動的には出てこない。歯医者さんも同じである。この間、歯医者さんの名前が思い出せないのでおかしいと思ったら、目医者さんと間違えて、動物のカテゴリーを探していた。が、歯医者さんは動物ではなく、大工道具の入った引き出しにしまわれているナーゲル(釘)さんだった。

又、普通名詞の中で、生物と人工物は分かれているという説もあり、分かれていないという説もあるようで、『脳を知りたい！』では後者の方をよりくわしく紹介している。たとえば、馬と机は全然違う場所に記憶されているのでなく、四つ足ということでいっしょのカテゴリーに属するのではないか、という。しかし、これは「四つ足のものは机以外はすべて食べる」豊かな中国の食文化に浸された人間にしか当てはまらないかもしれない。あるいは「四つ足」という概念が仏教とともに定着している文化圏だけの話かもしれない。馬と机をいっしょに考える発想は、日本では納得できるが、ドイツから見るとむしろ、シュールレアリスムを思い出させる。

わたしの関心のあるのは、外国語の場合は言葉と脳の関係が違うということと、詩的思考の場合は、わざと言葉の分類と配置を組み換えようとする努力が見られるということである。たとえば、わたしにとってドイツ語は外国語なので、「Zelle(細胞)」と「Telefonzelle(電話ボックス)」は同じ場所に記憶されている。語源的に同じなのだから、別に変ではない。しかし、ドイツ語を母語とする人の場合は大抵、「細胞」は生物学の分野、「電話ボックス」は日常生活の分野に分類されている。だから、両者の間に脳の中で連絡線が通っていない。子供の頃には通っていたこともあったかもしれないが、生活に追われ、物事を素早く処理していかなければならない大人になると、消えていってしまっている。

詩を書く人は、外国人しかいっしょにしないような言葉同士をいっしょにする。たとえば日本語の口語で、電子レンジにかけることを「チンする」と言うが、この間『現代詩手帖』で、平田俊子さんの「レンジの力」という詩を読んでいたら、レンジに入って生まれ変わって美しくなる狆(チン)の話が書いてあった。それは、二つの「チン」という言葉が意外にも出逢うのは、電子が飛び交う場所だということなのだろう。電子が飛び交うと、脳味噌に快感を覚える。離れた場所に記憶された単語同士を結び付けて電子を飛ばし続けているうちに、詩人の脳の中に自分だけの連絡線が無数に張られていくのではないか。それぞれの単語から蜘蛛の巣のように放射状に連絡糸が伸びて、いろいろな別の言葉と繋がって、しかもそれが絶えず重なりあいながら移動していくような、楽しい脳味噌が作れるのではないか。

14 北京 Beijing

二〇〇一年夏、北京で日中女性作家会議が開かれた。作品を通してしか知らなかった日本の作家たちと会えたことも、現代中国の作家たちの作品と発言に触れられたことも、わたしにとって大きな贈り物だった。でも、何より印象に残ったのは、やはり中国語という言語であり、その言語と日本語の関わり合い方だった。いつもヨーロッパの言葉と日本語とを比べてあれこれ考えているわたしだが、近いようで分からないことも多く、しかも遠いのに自分の一部にもなっている中国語と触れるのは刺激的だった。

この会議に参加していた茅野裕城子さんの『韓素音の月』を後で読んで、これは異国語としての中国語そのものの官能を取り扱った恋愛小説だ、と思った。このように漢字の快楽を感じたのは、リービ英雄の『天安門』を読んで以来のことだった。それに、読めない字と向き合ってどうにもならない感じ、読めないのに読めた時の氷の溶けるような感じ、その読めたものが誤解だったと分かった時の落胆、しかし誤解のおかげで出逢いが成立してしまう不思議さなど、ここに書かれていることは、中国青年と日本女性だけの物語ではなく、世界中で人と人、文化と文化の間に絶えず起こっていることのように思える。

会議とほとんど同時期に、女性作家の書いた現代日本の文学の一部が中国語に訳されたものが出版された。日本人作家のものが中国語に訳されると、作者の名も簡体字になる。わたしの「葉子」の「葉」がなぜ「叶」という字になってしまうのか。「多和田叶子」という名前を見て馴染めなかった。「吐」でなく「叶」なのだからまあ意味的には悪くはない。でも「葉」と「叶」の間にはどういう関係があるのかわたしには分からないので、「今日からおまえは千だ」と言われた千尋ちゃんのような気持ちがした。

簡体字に偏見を持つ日本人は、わたしだけではないだろう。心のどこかで、簡体字などは輝かしい中国の文化史に偶然あらわれた悪戯書きのようなものだと感じている人はたくさんいるだろう。ところが北京から戻って、高島俊男の『漢字と日本人』という本を読んでいると、実はわたしが小学校の時から唯一正しい字として習ってきた日本の新漢字も、漢字など廃止しようという政治的な意図のもとに急いで作られた簡略体に過ぎず、旧漢字を体系的に理解している人間から見ればとんでもない矛盾を含んでいるということが分かった。読んでいくうちに、気が鬱々としてきた。単純化され歪曲されたカタカナ英語ばかり目につく日本語から逃れて、美しい漢字の世界に浸ろうと密かに計画していたのに、日本の漢字世界も、実は単純化され歪められた中国語に過ぎないのか。すると今、自分が書いている日本語というものがフェイクの闇市に見えてくる。ぺらぺらで、しかも、ぼろぼろなのだ(擬音語や擬態語だけが、最後に残された「本当の日本語」ならば、このようにして書くしかない)。日本の漢字改革に欠点があったというだけなら別に腹も立たない。どんな正字法改革にも欠点は必ずある。しかし漢字の改革が、いつかは漢字などやめてしまおうという気持ちで大慌てで行なわれたということに腹が立つ。しかも、上から押し付けられたような印象が拭えない。ワープロに入っていないというだけで書きたい字が書けない時の苛立ちともどこか似ている。ワープロは教科書ではなく商品なのだから、どの字を入れるべきかを消費者が決められてもよさそうなのに、そんなチャンスはない。何しろ「うちだひゃっけん」の「けん」の字が出ないのだから、ワープロの漢字の選択を決定している機関で働いているのはいったいどんな人たちなんだろうと首をかしげたくなる。

自分が小説を書くのに使っている新漢字がそういうものだということも腹立たしいが、それよりもっとうんざりしたのは、今の漢字システムがどのくらい壊されているものかを感じ取るだけの知識が自分にはない、ということ、それに加えて、自分の習った日本の漢字は正しくて、中国の簡体字は政治的な失敗だと、この年まで信じてきたことの恥ずかしさ。しかも簡体字というものは無意味なだけでなく、たくさんあって習うのは無理だろうと勝手に思い込んで習おうともしていなかったが、漢和辞典で見たら、たった二ページにきれいに収まっている。こんなものは中学校や高校の頃なら一ヶ月で覚えられただろう。たったそれだけの努力で、地球の四分の一の人間が使っている文字が読めるようになるというのに。国際人を育てると謳いながら簡体字を教えてくれなかった学校も憎いが、自分で調べればすぐに分かることを調べなかった自分の自主性のなさを思うと、随分偏った勉強をしてきたものだと思う。文化統制のもとで育った旧東欧圏出身の同年代の同僚を無意識のうちに同情の目で見ていることがあるが、それよりも目には見えない統制の中で片寄った知識を身に付けて育った自分自身をまず憐れんでみるべきだったかもしれない。

中国語は文法的には日本語から遠いが、日本が漢字を輸入したおかげで、両者の間にある種の近しさが生じた。文法は骨で文字は服だと昔ながらの言語学者なら言うかもしれないが、同じ靴を履いているだけで友達になってしまうようなこともある現代では、骨も服もどちらも重要かもしれない。

遠い言語に受けるインスピレーションと近い言語に受けるインスピレーションはちょっと質が違う。分かるようで分からない「ずれ」の感覚が中国語を見た時にはあって、夢を見ている時の感じとも似ている。北京の本屋で小さな辞書を買った。たとえば、めまいがすることを「眼花繚乱」、気絶することを「昏過去」と言うらしい。気絶とは、過去が昏《くら》くなることだったのか。これだけでもう詩になっている。気紛れに面白そうな言葉を書き出していく。見なれた単語がぱりっと分解して、違った組み合わせで現れる時、新しいものが煌めく。それはぱっと閃光が見える感じであり、脳を縛っていた鎖のようなものが切れた瞬間、その快感が笑いになって現れることもある。

日本の作家の作品を中国語に訳したものを見ていると、題名だけ読んでいってもインスピレーションのようなものを受ける。この女性作家会議を先頭に立って企画した津島佑子さんの『笑いオオカミ』は「微笑的狼」になっている。日本語とは違った「的」という字の使い方が好きだ。松浦理英子さんの『ナチュラル・ウーマン』の訳は「本色女人」で、迫力がある。

アメリカやヨーロッパでは、自分の書いた日本語の本を見せると、みんなが文字を見て感心するので、わたしたちはちょっと得意になることがある。漢字が美しく複雑に見えるからだけではない。グローバリゼイションの嵐の中で、東アジア独特の文化などもうないだろうとあなたたちは思っているかもしれないけれど、わたしたちはこのように古い文化を持っているのです、こういうもう何千年も存在する文字を使って、「共産主義」とか「国民主権」というような概念も西洋語の助けなんか少しも借りなくても表現することができるんです、という誇り。漢字は外から侵入される心配のほとんどない城壁のように、東アジアの文化の独自性という神話を保護してくれる。だから、わたしはかつて漢字が不得意で漢字テストに苦しめられた怨みも忘れて、いつからか漢字を熱愛し始めていた。しかし、柳父章の『翻訳語成立事情』を読んで、社会、個人、近代、美、恋愛、存在、自然、権利、自由、彼、彼女などの日本語は、すべて、西洋語を訳すためにほんの百年くらい前に作られた言葉だということを知った時には、がっかりした。そういう意味では、漢字だって外来語なのだ。中国から来て、西洋の概念を表すのに使われているのだから、二重に外来語だ。それどころか、カタカナが自分が他所者だと認めてしまう正直な外来語なのに対して、漢字がオリジナルぶる嘘つきの外来語に見えてきた。

もちろん小説には、新聞や論文ほどたくさん漢字二語の熟語が出てくるわけではない。それでも神経質になって、「解説」というのはやめて「ときあかす」とひらがなで書いてほくそ笑んだり(ひらがなだと、「とき」は「朱鷺」や「時」かもしれないし、あかすで「明かす」イメージが浮かんで、明るい)してみる。そうやって、漢字を着た西洋を避けようとすることもある程度はできるが限界がある。

しかし、漢字が日本に入ってきたおかげで、西洋から来た抽象観念を訳すことができただけでなく、西洋語の勉強がしやすくなったことも事実だろう。そう考えて、腹を立てるのはやめた。たとえば、日本語では「みる」というたった一つの単語しかないところに、中国語にはいろいろあるらしいということが、「見る、観る、視る、診る、看る」などの漢字を区別して使えるようになれば分かる。「みる」にもこれだけいろいろ違いがあるのだと分かった後では、英語を勉強し始めて、look と see は違うと聞いても、ショックは小さくて済む。中国語にそういう区別があるということを文字の次元である程度理解することによって、外国語が学習しやすくなっている。中国という文化先進国が近くにありすぎたために自分の力で抽象観念を作り出すだけの暇がなかったのは「不幸」だったかもしれないと高島氏は書いているが、日本は放っておいたら本当に自分で抽象観念を中国ほど豊富に作り出せたのだろうか。ペシミストのわたしは、あやしいものだと思う。むしろ、ネイティブ・アメリカンのように独自の文化がそのままの軌道で発展を遂げて、ずっと後になってから英語を学んで西洋の文化を別個に身につけて、自分の言葉と平行して英語を使いながらバイリンガルとして現代を生き抜くことになったのではないか。ウォロフ語など土地の言葉とフランス語と両方できるセネガルの文化人も同じである。その点、日本の文化人は、日本語だけできれば、ヨーロッパやアメリカで書かれたものもたくさん読めるし、情報から閉め出されることはない。それどころか、ドイツ文学の翻訳なども、英語よりも日本語の方がたくさん出ている。バイリンガルにならなくても現代国際社会の一員として一応生きていかれる。そうすると、大和言葉でも中国語でも西洋語でもない、この曖味で不純で混乱している漢字の領域が、救いになっている面もあるのかもしれない。日本の漢字の領域は、夢の島だ。ゴミの山だが、豊かで、探そうとすればいろいろなものがある。生き残るのに必要なものは探せば見つかるだろう。わたしはもう腹を立てるのはやめて、日本語という夢の島の住人になって、ねずみのようにせっせと仕事をしようと覚悟を決めた。

ところで、『翻訳語成立事情』を読んでいて感動したのは、翻訳語として無理に作られた日本語の単語の元にある言葉がオランダ語であることが多いことだ。たとえば、オランダ語の Schoonheid(ドイツ語なら Schönheit)を訳そうとして、いろいろ案が出て、そのうちに「美」という訳語が日本語の中に定着していく。オランダ語はドイツ語と、非常によく似ている。

わたしは子供の時に日本語の「美」という単語を母語として習い、ずっと後になって外国語であるドイツ語を学んで初めて、Schönheit という単語に出逢ったのだが、実はこれが「美」の元の姿の兄弟だった。ということは、子供の時に出逢った日本語の単語の幾つかは、日本語にやって来た一種の移民だったのだ。そして後にドイツ語を習うことで、これらの移民の故里を知って、ああ彼らはこのあたりの出身だったのか、としみじみ思うのである。漢字という衣装は、大和言葉も新造翻訳語もみんな同じように着ることができるから、出身地が分からなくなっているが、みんないろいろな土地から来ていた移民だったんだ、そして「美」という言葉の故里にわたしは今やっと行き着いたんだ、と思うと不思議な感動を覚える。

しかし、「美」という単語は構えが大きいだけに、身体性が貧弱だ。『枕草子』の類聚的章段に現れる「心ときめきするもの」「あてなるもの」「めでたきもの」「なまめかしきもの」「うつくしきもの」「とくゆかしきもの」「心にくきもの」などの様々な形容詞を見ていると、その知的、感覚的繊細さに比べて、「美」はコンクリートの塊のように感じられる。人間の神経に寄り添うような形容詞一つ一つのまわりに映像を集めていくのが枕草子的な発想だとすると、「美」などという言葉がどのような文学を可能にしてくれるというのか疑問に思う。また、『花伝書』の「花」という単語の使い方も面白いと思う。存在するのは「美しい花」か「花の美しさ」かなどといつまでも議論していないで、「美」を「花」と訳してしまってもよかったのではないか。「花」は抽象的でありながら色も香りもあり、不思議さを感じさせてくれる。強いが権威的でないし、上品だが気取ってはいない。世阿弥の語彙はひょっとしたら、西洋の抽象名詞を訳すもう一つの可能性を暗示しているのかもしれない。

西洋語の翻訳に使われている和製漢語の一番の問題点は、いつまでたっても成り金的な気取りが抜けないことかもしれない。「恋愛」が「色事」より高級に見えたのは、現代人が近松の描いた人間たちより高級だからではなく、西洋からの輸入品だからありがたがったのだろう。今では輸入品という感じはしなくなったが、「恋愛」という日本語の単語はまだまだ体温が低く、わざとらしくて、広がりがないのではないか。

柳父は三島由紀夫の文学を評して、「美」という翻訳語には宝石箱の外見のように中身が分からないので、なお高級に見える面があり、三島はこの単語を上手くちりばめることで、文学を尊く見せるという効果を上げている、と言っている。レヴィ＝ストロースの『悲しき熱帯』に、文字を持たないナムビクワラの人たちの酋長がもったいぶって、白人のように字を書く真似をしてみせて、部下たちに自分の偉さを示すシーンが出てくる。このシーンと三島の「美」という単語の使い方が似ていると言うのだ。

ところで、「美」という漢字はどのようにして出来たのか。「この字は中国でも砂漠地帯の人たちの間で生まれた字で、彼らにとって羊が大きいということは素晴らしいことだったので、羊に大きいと書いて美なのです」という嘘か本当か分からない説明を受験参考書で読んだ覚えがある。ドイツにはトルコ人の経営する食料品店がたくさんあるが、ガラスケースの中にある大きな羊の肉の塊を見る度にわたしは、ああ、あれが美なのだ、と思ってしまう。

15 フライブルク Freiburg

高瀬アキさんといっしょに一九九九年から音楽と朗読のパフォーマンスを始め、ドイツ各地、日本、アメリカなどですでに四十回ほど公演したが、その中でもフライブルク公演は特に楽しかった。フライブルクは古い大学町で、町を歩いていると自転車が多い。自転車に乗っている人たち、道を歩いている人たちの服装を見ていると、七〇年代、八〇年代のオールタナティヴな雰囲気を今も色濃く残している町だという感じがする。駅からあまり遠くないところに「ヨース・フリッツ」という本屋があるが、そこに入ると、ますますそんな雰囲気が強く感じられる。九〇年代になるとドイツでもチェーン店的な大きな本屋が流行り出したが、学生運動の盛んだった時代にはこの本屋のように仲間同士の共同出資、共同経営の本屋、雇う人と雇われる人という関係の存在しない本屋が流行った時期があり、そういう本屋の生き残りでもあるこの「ヨース・フリッツ」のおかげで、高瀬さんとわたしはフライブルクで公演することになった。

音楽と文学の境界を越えて、などといかにも新しいことのように言うのは正直言って恥ずかしい。そのような試みは今でもいくらでもあるし、昔からあった。そもそも日本の猿楽、能、文楽、歌舞伎やヨーロッパのオペラなどを見るまでもなく、もともとは音楽と文学が分かれていない状態の方が普通なのかもしれない。

ドイツでは六〇年代にギュンター・グラスやペーター・リュムコプフなどが盛んに詩とジャズのセッションをやっていたそうだが、それもだんだん廃れてきた。たとえば北ドイツ放送には、音楽と文学の組み合わせだけを専門に扱ってきた「カフカ。ジャズと文学」というラジオ番組があったくらいだが、それも一九九九年になくなってしまった。

公演の場所を探すのは楽ではない。主催者側から声をかけてくる場合はいいが、こちらから探そうとするとまず見つからない。文学だけの朗読なら文学センターや図書館、本屋でできるし、ピアノだけならコンサートホールやジャズ喫茶など、やる場所がいろいろあるが、両者の組み合わせとなるとなかなか難しい。

音と言葉のパフォーマンスでは、ピアノの即興演奏と詩の朗読が同時進行するのだが、この同時進行というのは「あわせる」というのとはちょっと違う。わたしけ、足の親指から喉までの領域は音楽に聞き入って音楽に応えながらも、舌から脳に至る区域は言葉の意味を追って進む。あるいはピアノの方に向いた左半身は音に向けて発熱させ、右半身はテキストの中に沈ませようとしてみる。すると、自分というものが二つに分裂して大変気持ちがよい。両者の間には溝がある。半分は言葉の世界の外に出ていて、半分は中に入っているような気持ちでもある。もちろん、つながりもある。しかし、そのつながりは、歌のメロディーと歌詞の間の関係のようにべったりしたものではない。両者は不思議な空間を屈折して進む振動によって、間接的に繋がっている。あるいは分離している。そうでなければ、「音楽に合わせて読んでいる」ことになってしまう。一方、音楽の側から見ても似たことが言えるようで、朗読に合わせて弾いてしまったら、それは単なる伴奏になってしまう。音楽がバックグラウンド的、挿し絵的なものになってしまってはつまらない。だから、音楽は音楽として独立してやっている。独立しているからこそ、対話があるのかもしれない。読んだ言葉に対する反応がある。湖に石を投げ込んで波のたつのを見ていることもあるし、水だと思って石を投げ込んだらそれが鰐の背中で、鰐ががばっと顔を上げてこちらを睨んだということもある。音に反応して読み方が変る。もちろん、わざと意地を張って反応しないで、そのまま自分だけを通す部分もある。それも又、反応の一種である。とにかく、そこには、手引書や教科書のようなものはいっさいないので、自分で探っていくしかない。しかも、一つ一つの瞬間が無数の条件から成り立っているので、繰り返しはない。

言葉の中にも音楽はあるが、普段はなかなかそういうことには気がつかない。小説を読んでいる時には、話の筋や登場人物の性格などに気をとられすぎて、他のことにまでなかなか気がいかない。たとえば、「食べたがる」という表現に現れた「がる」という単語などは、「がる、がる、がる」と繰り返してみると分かるが、随分個性的な響きをもっている。ところが、普通に読書している時には、なかなかそのことには気がつかない。「がる」がその前にある動詞から切断されてたっぷり発音された瞬間に、その響きがいわゆる「意味」に還元しきれない、何か別のことを訴えかけてくる。言葉をたずさえて音楽という「もうひとつの言語」の中に入っていくと、そういった言葉の不思議さが自分のテキストの中から立ち現れてきて驚かされる。音楽を通して、言葉を再発見するということかもしれない。

そういう風にして、耳をすましても決して一致はしない、もどかしい、余りだらけの割算をお互いに繰り返しながら、発見を重ねていくことに、音と言葉の共演の楽しさがあるように思う。

16 ボストン Boston

二〇〇一年の秋にボストンへ行った。この町には一九九九年に四ヶ月滞在していたので、一種の懐かしさを感じた。

この年に再びボストンを訪れたのは、タフツ大学とウェルズリー女子大がいっしょに企画した「Japan from somewhere else」というテーマのシンポジウムに参加するためだった。研究者たちの他に、いわゆるジャパニーズ・アメリカンの作家たちが来ていた。伊藤比呂美さんも来ていた。

日系アメリカ人の二世、三世で英語だけで創作している作家たちと出逢うのは初めてだった。イギリスに幼年時代に移住し、英語で小説を書いてブッカー賞などを受賞しているカズオ・イシグロは有名だが、他にも、日本人の祖先を持ち(それが両親か、親の片方だけか、祖父母なのか、その又前の世代なのかは、人によって違うが)英語で創作している作家はたくさんいるのだということをあらためて実感した。そういう人たちの文学を対象に研究している研究者たちも少なからずいることも知った。作者が移民であることは、文学にとって本質的なことではない。しかし、文学そのものの持つ移民性を照らし出すために、移民である作家について考えることが役に立つ場合もあるだろう。

ドイツでは移民二世の作家と話す機会はいくらでもあった。ハンブルク大学で勉強していた時代からすでに有名だった移民文学の古典とも言うべき、チェコ人のリブーシェ・モニコヴァやトルコ人のエミーネ・セヴギ・オツダマなど「非ドイツ人」作家の書くドイツ語文学に触れて、外国語で小説を書くということは「普通のこと」なのだと思うようになった。ドイツに渡ったばかりの頃は正直言って母語以外でものを書くことなどありえないと思っていた。しかし、五年もたつと、ドイツ語でも小説が書きたくなった。これは、抑えても抑えきれない衝動で、たとえ書くなと言われても書かずにはいられない。外国語に浸って数年暮らしていると、新しい言語体系を受け入れるために、母語の基盤となっている理論の一部が壊れ、変形し、再生し、新しい自分が生まれてくる。作家の中には、「元の自分」が壊れた移民状態を極度に嫌う人もいる。たとえば、母語の中だけに留まり続ければ、「夕涼み」などという日本語を聞いて、そこに古風な美しさを感じることもあるだろうが、一度そこから離れてしまえば、この「use 済み(ユウスズミ)」という使用済みの言葉の涼しさを無条件に信じることはできなくなっている。言葉がぼこぼこと浮き立って見えてくる。切れ目ではないところで切れ、さりげなく美しいものは一度は壊れてしまうかもしれないし、もう自然な素振りはできなくなるかもしれない。駄洒落王国や、へ理屈町の住人として同国人から馬鹿にされるかもしれない。でも、母語の自然さを信じているようでは言葉と真剣に関わっていることにはならないし、現代文学は成り立たない。だから、母語の外に出てしまった状態は、文学にとって特殊な状態ではなく、普通の状態を少し極端にしただけではないかと思う。

ボストンでの学会が終わった翌々日、アメリカにずっと住んでいるドイツ人たち数人と食事に行った。何が食べたいと聞かれてわたしはちょっと困らせてやろうと思って「カンボジア料理」と言うとすぐにカンボジア料理店に連れて行ってくれたので、アメリカにはさすがいろいろなレストランがあるものだと改めて感心した。

何年も英語の生活を続けているとだんだんドイツ語がおかしくなってくる、という話になった。これは母語が歪んでくるのだから好ましくはないが、わたしには又ドイツ語の新しい顔を見せられたようで聞いていて楽しくもあった。ガソリンスタンドのことを「Tankstelle」と言う代わりに、「ガス・シュタツィオーン(米語の gas station を単にドイツ語読みしたもの)」と言ったり、「わたしは寒い」と言いたい時には、「わたしにとって寒い」と言うのが正しいのに、アメリカ英語の影響を受けて自分を主語にして「わたしが寒い」と言ってしまったりする。これでは、わたし自身が冷たい、つまりわたしは冷淡な人間だ、ということになってしまう。

しかし、アメリカに住んでいるドイツ人だけでなく、ドイツで話されているドイツ語も少しずつ英語の影響を受けて変化し続けている、と一人が言い出した。一番簡単な例は、コンピューター用語で、この現象は日本も同じだろう。コンピューターのマニュアルには、「Downloaden Sie sich das Programm.(そのプログラムをダウンロードしてください)」などと書いてある。英語の動詞に「en」を付けてドイツ語化するのは、「する」を付けるだけで何でも日本語の動詞にしてしまうのと似ている。

ドイツは英語圏より技術が遅れていたわけではない。たとえば飛行技術史などでは重要な役割を果したはずなのに、「時差ぼけ」に当たるドイツ語の単語がなくて、英語の「jet lag」を使わなければならないのは不思議だ。時差ぼけは、初期の飛行技術とは関係なく、むしろ海外出張の多いビジネスマン病として始まったから、英語しかないのかもしれないが。「Zeitverschiebung(時差)」というとても美しい言葉があるのだから(「Verschiebung(ずれ)」という単語は、フロイトの夢分析に使われることによってより味が深まったように思う)、それを上手く利用して、「ずれの苦しみ」とか「ずれの痛み」とかいう言葉を作ればよかったのに、英語から直輸入した外来語を使うのは残念だ。「jet lag」

という英語の単語そのものは嫌いではないが、ドイツ語の中で使うと嫌味な響きを持つようでわたしは好きになれない。日本語の「時差ぼけ」という言葉は、美しいとは言えないが、嫌味ではない。「ぼけ」の部分に愛嬌がある。自分がぼけていることを地球上に常に存在する時差のせいにして、万年時差ぼけを自称する人もいる。

話を元に戻すと、英語の影響は、単語の次元にとどまらない。たとえば、いつからか、「そうすることには意味がある」と言いたい時に、「Das macht den Sinn.」と言う人が増えたが、これも英語の「It makes sense.」の直訳で、ドイツ語では本来、「Es ist sinnvoll.」が正統派。また、「よい時をお過ごし下さい」という意味で「Haben Sie schöne Zeit!」と言うのは英語の「Have a good time!」の直訳で、ドイツ語としてはおかしいから使わないようにと年配のドイツ人の語学教師に二十年前に言われたのを覚えている。つまりその当時すでにこういう言い方をする人たちが出てきていたということだが、今ではこの言い方は少しもおかしく聞こえない。日本人にも似た現象がある。最近は「よい週末を！」などとぬけぬけと言う人が出てきた。わたしの子供の頃は、「週末」などという日本語は翻訳文学の中にしか出て来なかったし、「よい何々を！」というのは、英文和訳の宿題をやっている時にだけ使う表現で、友達に向かってそんなことを言う人はいなかった。こう書くと、わたしがひどい年寄りで大昔の話をしているように聞こえるが、わたしはそれほど年をとっているわけでもない。国の外にいると、「昔」の記憶がそのままの形で残りやすいので、つい浦島太郎的な口調になってしまう。ずっと日本にいる人は少しずつ言葉が変化していくのを毎日見ているので、幼年時代の記憶なども徐々に薄れていってしまうのだろう。それはアメリカに移住したドイツ人の場合も同じで、アメリカでドイツ人と話をしていると、昔はドイツ語ではこうは言わなかった、という話が多い。同じ年のドイツ人でも国内でずっと暮らし続けた人たちはあまりそういう話はしない。日本語やドイツ語の中にも英語が入っている。しかも、単語が外来語として入っているだけではなく、言い方そのものにも影響を与えている。そういう意味でも、一つの言語だけを話している人も、言語間の交わりや戦いを舌で受け止めながら生きていることになる。

17 チュービンゲン Tübingen

未知の言語からの翻訳

チュービンゲン大学で二〇〇二年の十二月に初めて自由創作のワークショップというものをやった。アメリカの大学では学生たちに詩や小説を書かせるいわゆる「クリエイティブ・ライティング」のコースは盛んで、教える側の作家の重要な収入源にもなっているようだが、ドイツにはそのようなコースは例外的にしかない。チュービンゲン大学の場合は、詩人のウヴェ・コルベが中心になって「文学演劇スタジオ」という機関を大学内に作り、学生なら誰でもここへ来て、詩や小説の創作や演劇のコースが受けられるようにした。わたしもそこの講師として週末三日間だけだが、よばれていった。小説の書き方など教えられるはずもないが、言葉を見る角度をほんの少しだけ変えることで、言葉に敏感になってみようということで、「未知の言語からの翻訳」というテーマでやってみた。まず、漢字を一つ見せて、それについてそれぞれが文章を書く。学生たちは全く漢字など読めない。「龍」という字を見せたら、教室はしんと静まり返り、それぞれ真剣に何か書き始めた。

一時間後には、いろいろなテキストができあがり、それをみんなで朗読しあって意見を交換した。「龍」の字を台所の設計図に見立ててストーリーを展開させた学生もいれば、この字が祭りのやぐらか飾りのように見えるからか、祭りの前日の不安を書いた学生もいたし、字を読めない者の焦燥感をテーマに書いた学生もいた。「龍」の「立」という部分と目の前にあるポットの形が似ていることにふと気がついて、数千年前の中国人がなぜ僕たちが今ここで使っているポットの形を言い当てることができたのだろうか、という詩を書いた学生もいた。意味という旅行保険をかけないで、外国語への旅に出た結果、いろいろな作品が生まれた。母語の外に出ることで、いつも自分を縛っている禁止条例(こんなことを書いたら恥ずかしい、というような)から少し解放されたかもしれない。

二日目には読経から放送劇まで様々な日本語のカセットを聞かせて、自分の気に入ったものを取って、その翻訳を書くという作業をした。鳥やシャチの声の入ったカセットも中には混ざっていた。もちろん、その声の伝達しようとしている意味内容は分からないので、普通の「翻訳」はできない。音をたどってその「縁」を書くか、聴覚的なものから来る連想の一端を捕まえて発展させていくか、とにかく自分で道を開くしかない。自分の理解できない言語に入門書なしでどうやって近づいていくか、という訓練が、複数文化社会を彷徨いながらものを書く人間にとっては大切だろう、と思ってやった実験だった。

三日目はみんなで電車でシュトゥットガルトに行き、電車の中でそれぞれ文章を書いた。テーマは「外国語としての風景」。電車の窓から見える風景は、観察者が読むことで初めて文章になる。どんなモデルに従って自分が風景を読んでいるのかを自覚すれば、見えてくるものも違うだろう。シュヴァーベン地方の風景を見慣れた人の目には遠くから来た旅行者とは違った風景が見えているはずだ。

わたし自身、列車の旅が多いので、車内で原稿を書くことは多いが、実際に窓から見える風景について書いたことはない。ドイツの特急ICEや準特急ICの走っているルートは見慣れ過ぎていて何も見えない。リービ英雄さんの『最後の国境への旅』を読んでいたら、ドイツの特急の車内の様子と窓の外の様子がくっきりと描かれていた。やはり、遠方から来た旅人の目は鋭い。シュトゥットガルト市の劇場では、この日曜日の午前、わたしの朗読会が予定されていた。わたしは自分が読むだけでなく、ワークショップの話を少ししてから、学生の中の希望者にも朗読してもらった。聴衆の前で読むので学生はだいぶ緊張していたようだが、聴衆の反響は良かった。

終わってから、聴衆の一人が寄って来て、大学で中国語の勉強と平行して日本語の勉強を始めたが、がっかりすることが多い、日常会話で必要な単語が英語からの外来語ばかりで勉強していても美しい単語、面白い単語に出逢うことがなくてつまらない、という悩みを相談された。せっかく張り切って日本語を始めたのに、テレビ、コップ、バス、タオル、テーブル、ドア、カーテン、ボールペン、などという単語ばかり習わされたら、確かに誰でもうんざりするだろう。デフォルメされた英語の羅列のようにしか思えない。しかも、それが楽ならいいが、逆に難しい。たとえば日本語を始めて二年以上たったドイツ人の学生に「ルフトハンザ」というカタカナを見せて「これ何のことか分かる?」と聞いてみたことがあるが、いくら考えても分からない。このカタカナが学生の頭の中では「rufuto-hanza」になっているのだから、「Lufthansa」とは全く結びつかないのだろう。

中国語を習う方が楽しいだろう。なるほどトイレットペーパーは「手紙」と言うのか、テレビは「電視机」と言うのか、と知的刺激がある。それに比べて、日本語は、怠慢でいい加減に見えても仕方ない。何しろ「テレビ」という日本語などは、television を日本語風の発音に変えただけで、おまけに全部言うのは面倒臭いので半分で切ってしまうのだから。しかも切る場所が元の言語の切れ目「tele(遠距離)」「vision(幻)」とは無関係の場所である。

たとえばドイツ語ではテレビのことを「Fernseher(遠くを見るもの)」と言うが、そのようにして、日本語だってテレビは「遠距離幻」とか「電気紙芝居」と訳せばよかったのだ。「千里眼劇」か、ただの「遠見」でもいい。カーテンは「目隠し」、トイレットペーパーは「しも浄め」、ボールペンは「玉筆」と、帰りの電車の中でいろいろ訳語を考えた。「電卓」とか「携帯」のように生き残る言葉もあるのに、電子頭脳がコンピューターになってしまったのはなぜだろう。

あまりカタカナに腹の立った日にはカタカナを使わない文章を書こうとしてみる。すると、文面が重くなって、メリハリがなく、べったりしてしまう。また、漢字に腹を立てて、ひらがなだけで書こうとすると、ふにゃふにゃして映像が立ち上がってこない。だからやっぱりカタカナと漢字とひらがなを混ぜるしかない。これもすべて日本語が背負ってしまった歴史だから仕方がない。詩や小説は、そういう欠点と意識的に取り組むことで面白くなることもある。吉増剛造の詩などもそのいい例かもしれないと思う。そう思ったら少し元気が出てきた。

18　バルセロナ　Barcelona

バルセロナから電車で一時間ほど行ったところに、地中海沿いの美しい小さな町カネットがある。そこと日本の兵庫県の両方に稽古場を置いて活躍する劇団らせん館との付き合いはもう長い。最近はベルリンのパンコウ区を基点にした活動も加わって、活動が三角形になった。公演はヨーロッパはもちろん、世界各都市で行なっている。多言語演劇という点が特にわたしの関心を引くところだ。

日常生活で使っている言語と、仕事で使う言語が違っていて、しかも母語はまた別の言語であるという人は今の時代はたくさんいるだろうが、らせん館はそういう現代の言語状況を積極的に取り入れて活動しているように思う。

らせん館がわたしの書いた戯曲「サンチョ・パンサ」をベルリンで上演するというので見に行ったのは二〇〇二年の五月のことだった。場所は「クルトゥア・ブラウアライ（文化醸造所）」といって、昔ビール工場だったところで、大きな中庭があり、ギャラリー、映画館、楽器屋、文学センター、レストランなどの他に、芝居のできる空間が幾つかある。「サンチョ・パンサ」の上演されたのはその中でも工場廃墟のような雰囲気の強く残っている空間だった。

わたしは正直言って、演劇のことはよく分からない。それでも、これまで何回か戯曲のようなものを書いた。ジャンルとしての戯曲を選んで書いたわけではなく、どんなテキストにも声や動きになりたがっている部分があるのではないかと思って書いたのだ。それをよく理解してくれているらせん館は、わたしにとって舞台動物であると同時に、読書集団でもある。

ものを書いている時、一つの単語にはどのくらいの時間が与えられているのだろうと考えることがある。普通の小説を読む速度ではなく、詩集を読むようにゆっくりと自分の小説を読んでほしいと思う。そうしないと、単語と単語の間の関係性が脳細胞の中で展開するのに必要な時間が与えられない。

内容をすばやく要約しながら活字を追う癖のついている人がわたしの書いたものを黙読すると意味が分からないことがあるらしい。一つの単語がイメージをいくつかの方向に飛ばしている。それを捕まえながら次の言葉とのつながりを自分で作り出していくのには、ある程度時間が必要なのだ。速く読み過ぎてはいけない。「暗い」という言葉に「夜」という言葉が続くならば、つながりを自分で発見する余地はほとんどないが、いつもは続かない二つの言葉、二つの文章、二つのイメージが続いた場合、自分でそのつながりを作り出しながら読まなければならないから、時間がかかる。正解があるわけではないから謎きではなく、一種の創造的行為である。一人で黙読しているよりも、朗読を聞いた時の方が内容が多く感じられた、という感想を持つ人がよくいるのも、スピードのせいだろう。それを更に発展させた演劇ならばなおさらのことである。

又、スピードだけではなく、滑らかに読むか、わざとつっかえながら読むかによっても、意味の現れ方は違う。わざとつっかえて単語を切断することで、多義性の浮かび上がることも多い。「のけもの」という言葉を「の・けもの」と発音した場合などがそうである。

らせん館のベルリン公演では、一つの文章が分断されて発音され、歪められて発音され、ドイツ語だけでなく、日本語、スペイン語、イタリア語など別の言語で発音され、それが何度も繰り返され、重なっていくうちに、言語が情報伝達の義務から一度解放されて音楽の分野に踏み込んでいき、観ている側としては、断片のシャワーを浴びながら、ゆっくり時間をかけて自分なりの像を結んでいくことができた。そこで立ち上がってくるものは、普通の「意味」とは違って、もっと立体的なものである。現代という時代は平坦な描写や定義ではとらえられないのだから、いろいろな声の飛び交う空間としてとらえるしかない。

わたしにとって、テキストは一つのメッセージを伝える手段ではなく、次々と新しい映像を生成させるための建築物のようなものであるから、それに必要な空間と時間が舞台の上で与えられるのは好ましい。

言葉の変身術には、スピード調節、断片化、繰り返し、などの他に、翻訳や外国語学習の難しさを逆手に取る手もある。らせん館の嶋田三朗演出で、市川ケイ、とりのかなの他に、シシリア島出身のアンジェラ・ニコトラ、東ベルリン出身のヤナ・ラダウ、ボリビア出身のマリア・ナンシー・サンチェスなどの女優が出演した。それぞれが自分の故郷の言語だけを話すというのではなく、ドイツ語をしゃべり、更に日本人がスペイン語を話したり、他の人たちが日本語を話したりもした。もしもそれぞれが自分の言語だけを話していたら、バベルの塔の話、あるいはルーツ探しの話になってしまう危険もあっただろう。しかし、この演出では、一人の人間が複数の声を持つようになっていた。いろいろな人がいるからいろいろな声があるのではなく、一人一人の中にいろいろな声があるのである。だから、祖国という幻想にしがみついても仕方がない。今現在を「ここ」で共に生活する人たちと言葉を交わしながら「移動民」たちの複数言語を作っていくしかない。

「なまり」の使われ方も面白かった。それぞれの人間が、過去にどのような町に住み、どのような人たちとどのような会話を交わしながら生きてきたか、ということは、その人が今話す言葉の中に記憶されている。たとえば、日本人の話すドイツ語に日本語のリズムがあるのと同様、スラブ語系の人たち独特のドイツ語、アメリカ人の話すドイツ語など、それぞれ「なまり」が違う。何十年もドイツに住んでいても、なまりという形で記憶された過去の時間が、今しゃべる言語の中に、その都度、蘇ってくる。もちろん、同じ日本人でも、過去にどんな町に住んでいたか、誰と話をしていたかなどによって、なまり方は違う。なまりは個の記憶なのである。そういう意味でなまりを意識的に拡大して、京都なまりでスペイン語を話したりする場面もあった。また、ドイツ語を歌舞伎役者風にしゃべる場面では、話すリズムと話している言語が移動民においては必ずしも一致していないということを思い出させてくれた。観に来ていたドイツ人の一人が、「ああ日本語をしゃべっているな、と思って気持ちよく聞いていたら、なぜか急に意味が分かってしまったので、びっくりした。どうして自分は急に日本語が分かるようになってしまったんだろう、と驚いてよく耳をすましてみたら、それはドイツ語だった」と言っていた。

19 モスクワ Moskva

売れなくても構わない

外語大でシンポジウムがあった時にわたしが「眼鏡をかける」「アイロンをかける」から「小説の続きが書ける」や「月が欠ける」など、「かける」のたくさん入った言葉遊びのテキストを朗読すると、あとでロシアの日本文学研究者で翻訳者(しかも推理小説作家)でもあるチハリチシビリさんが笑いながら「そういう翻訳不可能なものを書かれては困る」と言った。掛詞を見れば分かるように、同音異義語は楽しいだけでなく、文学の強力な味方だとわたしは言いたかったのだが、確かに同音異義語の言葉遊びは訳せない。考えてみると、わたしのドイツ語で書いたものには日本語以上に、翻訳不可能な言葉遊びが多い。ドイツ語そのものの中から発想して、言葉そのものに身をすり寄せるようにして連想しながら書いていくからだろう。

もちろん、言葉遊びが必ずしも翻訳不可能だとは言えない。たとえばシェイクスピアの邦訳はいろいろあるが、言葉遊びをアクロバット的に訳しているところがむしろ読みどころだ。言葉遊びにぶつかると、才能ある訳者は燃えて、文学的センスをより強く発揮するようだ。

だから、一つの言語に縛られた訳しにくい文学を無理に訳そうとすれば逆に、言葉の限界に迫ろうとするスリルが出てきて、文学的に見ても面白い。レーモン・クノー『文体練習』の朝比奈弘治による訳などもそのいい例だろう。

沼野充義氏の『W文学の世紀へ』を読んでいたら、一ページに一個や二個、誤訳のない翻訳書は存在しない、すると三百ページの本なら五、六百は誤訳があることになる、と書いてあったのがとても新鮮だった。少しでも翻訳をしたことがある人間ならうすうす気づいてはいることではあるが、このようにはっきり書いてあるのを読むのは初めてだった。そして、この「誤訳」という常識には、正しいか間違っているかという道徳じみた問いとは別の次元で、言葉の境界を読み解く可能性が含まれているように思う。

翻訳家というものがいるから、何でも国境を越えて自由に流通すると思っている人がいたら大間違いで、この世界のほとんどのテキストがまだ訳されていないか、またはすでに誤訳されているかどちらかなのだということになる。そう思って、まわりを見回すと、モノトーンになったと言われる世界も、色彩に溢れて見える。誤訳という荷物を背負わずに旅はできない。しかし、誤訳と正しい訳が、嘘と真実のように対立しているのではなく、両方とも「訳」であり、旅であり、大袈裟に言えば、色合いが違うだけなのかもしれない。言語はそれぞれ違っているのだから、完全に正しい訳というのはありえない。誤訳があるから作品全体が悪い訳だというわけではない、という大切なことも沼野氏は書いている。そこがまた、翻訳の面白いところだと思う。だから、翻訳の間違いを探すほどやさしい作業はない。どんなに初歩的な経験しか積んでいない人でも、経験を積んだ翻訳家の間違いを探すことはできる。その指摘が的確な場合もあるだろうし、よく考えてみるとやはり誤訳ではなく経験を積んだ者にしかできない「遠回り」である場合も多い。言葉の含む情報を重視する訳者もいれば、効果を重視する訳者もいる。コンセプトや文体を重視して訳すこともできる。たとえば、ジョルジュ・ペレックの中編小説にeという字を使わない作品があるが、フランス語でeを使わないのは大変なことらしい。この作品のドイツ語訳があるが、そこにもeが使われていない。ドイツ語でもeを使わないのは、すごく大変なことだ。この翻訳で訳者が一番気を使ったのは何と言ってもeを使わないというコンセプトそのものだったと言えるだろう。

翻訳の「正しさ」をぐらつかせる要素には、時代ということもある。シェイクスピアの登場人物は、江戸時代の日本語をしゃべるのが正しいのか、それとも今の日本の高校生のようにしゃべるのが正しいのか。訳者は絶えず決断を迫られ、一つ決断する度に少し血が流れる。翻訳者は傷口をむき出しにして走る長距離走者のようなものかもしれない。走る方はつらいが、観客にとって傷を指さすことは簡単だ。

原書には「誤訳」はない。しかし、新しい文体を探す文学が、特に日本ではよく「下手な翻訳」のようだと言われることがあるのを見ると、文学は新しい何かを見つけた時にその翻訳的性格を現すのかもしれない。

文学そのものがたとえオリジナルであっても、誤訳のような捩じれや空白に満ち、その空白があるからこそ流動的になっているのだから、もし翻訳が必要悪ならば、文学そのものも必要悪である。いや、必要でさえない悪、「不必要悪」かもしれない。しかし、沼野氏も書いている通り、悪には悪の楽しみがあり、それは時には善以上のものである。しかも、不必要ならなおさら楽しい。

その沼野氏と島田雅彦さんと山田詠美さんとわたしは二〇〇二年三月、モスクワに行くことになった。チハリチシビリさんとも再会した。ウラジーミル・ソローキン、タチヤーナ・トルスタヤ、ヴィクトル・ペレーヴィンなどロシアの現代作家たちとの対談があった。

モスクワでは、ロシア・アバンギャルドの絵画展も見た。アレクサンドラ・エクスチェルの絵を見て、一目惚れしてしまった。色と形がざわめきながら建築物になっていく。その過程を絵にしたようで、そこには完成してしまった建物の憂鬱な重みもないし、逆にかたちのないもののふがいなさもない。建築物になるといっても、建築家の精密な計画図ではなくて、むしろ夜みんなの帰った後の工事現場で、パイプや板や釘が月の光を浴びて、勝手に踊り狂っている光景が思い浮かんだ。恐ろしく魅惑的で、いくら見ていても飽きない。カタログには、彼女の考えた舞台や舞台衣装の絵も載っていた。演劇は、彼女にとって、動き出した絵画だったのかもしれない。モスクワからハンブルクに戻ると偶然ハンブルクの工芸美術館でもロシア・アバンギャルド展をやっていた。前にやっていたロシア・アバンギャルド女性展のカタログもまだ売っていたので購入した。今回の展覧会はむしろ、アバンギャルドから社会主義リアリズムの移り変わりを断続ではなく一つの連続した流れとして追った展覧会で、途中、どちらに属するのか分からない作品が結構あってショックだった。アバンギャルドはマルで、社会主義リアリズムはバツという単純な白黒写真で歴史を見ているわたしのような単純人間を針でつついて目覚めさせるための展覧会だったのだろう。この展覧会を見てからは、ナターリア・ゴンチャローヴァのちょっとフォルクロア的な農民やイコンのように静的な使徒たちの絵も、この角張った肩をもっと角張らせて、ちょっと斜めに向いた顎をまっすぐにしていけばすぐに社会主義リアリズムになる、という不安を感じずに見ることができなくなってしまった。どうやら、それぞれの人物が、自明のものとして自分の肉体をしっかり所有している点に問題があるようだ。しかもその身体には孤独は感じられず、農業や工場労働に参加することで社会の一部になりきっている。実はそれは、そういう身体が実際にはなくなってしまったと感じた時点で、理想として考え出されたモデルではないのか。だから変にそらぞらしい。人々がそのような身体を取り戻したいと感じていることにつけこんで、政府が、資本主義又は社会主義の経済に役立つようにそういうモデルを押し付けてきたのではないのか。

これとは違って、エクスチェルの絵には、そのような肉体は出てこない。事物も人も、エネルギーのスペクトルになって拡散している。「個と社会」という図式では捉えられなくなったわたしたちの身体と言葉と空間の状況は、不安でもあり魅惑的でもあるエクスチェルの絵によく映し出されている。

これは絵画に限った問題ではなく、ロシアに限った問題でもないように思う。不思議なことに資本主義国日本でも、「額に汗して働く心の純粋な庶民」というだまし絵を押し付けられることがある。いわゆる実験的な芸術を攻撃するために、この「庶民」像が利用されることもある。「純文学たたき」を批判する笙野頼子のエッセイを読んでいると、そのへんの様子がよく分かる。マスコミの一部が「読者に奉仕しない」作家や「働く普通の人間の姿を描けない作家」を叩く。売れないから叩くというだけなら単なる金儲け主義なのでまだ可愛いが、そうではなく、「庶民の敵」として叩く。こういうことが旧ソ連で行なわれていたのは驚くに値しないが、日本でも行なわれることがあるのは、とても不思議だとしか言いようがない。なぜなら、旧ソ連では、労働者の生活は保障され、作家の生活も体制を批判しない限り保障されていた。作家同盟の会員なら、小説を書かなくても月給が国から出た。八〇年代には、作家だけが入れるアパート、作家だけが買い物できる店などに連れていってもらったこともある。そういう体制のもとで、国が「労働者は国の主人公であるから、小説の主人公も労働者でなければいけない」と言って、税金で食べている作家に労働者への奉仕を強制するなら、悪政ではあるが、理屈は通っている。しかし、日本では、働く人間が「国の主人公」だと言えるほど保障された生活を送っているわけではない。その働く人間がアバンギャルド叩きの時にだけ急に引き合いに出されるのは迷惑な話ではないか。また、小説家の方も国の税金で食べているわけではないのだから、公務員的な意味では、誰に奉仕する義務もない。それなのに日本では、みんなの心の中に宿った秘密警察が、散文の実験を禁止するのである。

実験小説とかアバンギャルドとか言うと仰々しいが、わたしがここで問題にしているのは、特別「難しい」小説のことではない。言語、文体、文学の歴史、方法などを意識して小説を書いているかいないか、というだけの単純なことで、別に極端な実験文学だけを指しているわけではない。その程度のことは、ものを書く時の最小限の構えと言ってもいいかもしれない。もちろん、書いている最中もずっと理屈で判断をくだし続けているという意味ではない。説明のつかない陶酔状態に迷い込む場合もあるし、無意識のうちに紛れ込むいろいろな要素はある。しかし、「人間」というものが自明のものとしてあるわけではないということや、言葉は自然に心の中から流れ出てくるものではないということは、常にどこかで自覚していなければ困ったことになる。現代ロシアの小説家を見ていると、ソローキンにしても、ペレーヴィンにしても、はっきりした方法意識があることがひと目で分かる。

座談会の時、ソローキンが、「自分の作品を読者がどう思おうと全く関係ない」と発言した。これはヨーロッパの作家の発言としてはごく平凡なものだが、確かに日本では作家はあまりこういうことは言わない。案の定、山田詠美さんが、「読者なんかどうでもいいというのは信じられない」とすぐに反論した。その場はそのまま意見が分かれて終わったが、あとで他の話をしている時に、ソローキンが、「日本に滞在していた時に、自分の小説の日本語訳が出たら、急に女の子たちにもてるようになって嬉しかった」と言うと、山田詠美さんがすかさず、「読者なんてどうでもいいとさっき言っていたのはやっぱり嘘だったのか」とやり返したので、彼女の人間観察の鋭さと反応の早さに感心し、一瞬たじろいだソローキンを見て、思わず笑ってしまった。でも後で考えてみたら、創作する時に読者を想定しないというのは作家としての賢さであり、売れる小説を書いて女の子に更にもてたいと思うのは、もてる男の浅はかさだから、両者の間には直接関係はないのではないかと思う。

モスクワの町の顔は、わたしがよく来ていた八〇年代とは変わっていた。ソ連崩壊後、マクドナルドなどができて、「ハンバーガー」や「チーズバーガー」という言葉がそのままキリル文字で書いてあったので、ちょっと笑いが漏れた。日本語を習って、日本に来て、「ハンバーガー」とカタカナで書いてあるのを見て笑うドイツ人の気持ちがやっと分かった。キリル文字のハンバーガーを見て、日本みたいだ、と思った。「クレジット」とか「バンク」とかいう言葉がキリル文字で書かれているのを見ると、資本主義に汚れたロシアという夢を見せつけられたようでちょっと嫌な感じがする。わたしはドイツという国には何の思い入れもないが、ロシアには感傷的な愛着を持ち続けている。しかし、それも「クレジット」という言葉が日本でカタカナで書かれているのを見て「失われた美しいアジア」を思って悲しむ日本愛好家と同じで、あまり意味のないセンチメンタリズムかもしれない。「ロシア愛好家」になるよりも、現在のロシアをもっとたくさん読み、もっと訪れたい。

20 マルセイユ Marseille

マルセイユは同じ港町だということで、ハンブルクと姉妹都市である。そのため作家交流のプログラムがあり、一九九九年夏、十日間マルセイユに滞在した。通訳の助けを借りて、お互いの作家の作品を読み合い、訳し合うというプロジェクトで、毎年二、三人ずつ相手の町を訪れる。ハンブルクの作家でわたしといっしょにマルセイユに行ったヨアヒム・ヘルファーはフランス語がよくできたが、マルセイユの作家たちの中にはドイツ語のできる人はいなかった。

通訳付きで、わたしたちはみんないっしょに朝から晩まで図書館の一室にこもって作業することになった。こんなことをして何の役に立つのだろう、二、三日ならいいが十日間もこんなことをしているのは長過ぎるのではないか、と思ったが、主催者である熱心な女性が、短かったら意味がないと言う。それもそうかもしれないと諦めて、向こうの計画に身をゆだねることにした。

今になって思えば、これほどいろいろな意味で自分のためになった企画はなかったので、参加して本当によかったと思う。マルセイユでは後にわたしの本を二冊フランス語に訳すことになったベルナー・バヌンと知り合えただけではない。毎日朝から晩まで意味の分からない言語に耳を傾けていたせいで、わたしはこれまで体験したことのなかった特殊な精神状態を体験することができた。わたしが組んだのはヴェロニーク・ヴァシリエという若手の作家だったが、彼女の言っていることと、わたしの言ったことを通訳が訳すのに耳を傾けるだけでも一日四時間、フランス語を聞くことになる。意味が分からないフランス語は聞いていても「無駄」なのだから耳を閉じていればいいようなものだが、会話の状態に置かれると、逆に全身が耳になってしまう。聞かずにはいられないし、聞いても無駄だという気はしない。むしろ、言葉の響きと、響きの持つ仕種や体温や光のおかげで、妙に満たされた気分になってくる。そこにはすべてがあり、意味だけが欠如している。夜になると、異変が起こった。まるで、麻薬でも打ったようになって、生まれてから見たこともないような夢を続けざまに見た。原色の蛇が地べたをなまなましく這いまわり、木の芽がぎらぎら光っている。その芽の緑が、見ているわたしと見られている映像の間の隔たりを超えて、わたしの中に伸びてくる。しかも、蛇や芽の「実体」が言語だということがはっきりと分かる。言語といっても抽象的なものでない。なまなましく、これ以上わたしの肉体に近いことはありえないだろうというくらい近くにある。しかも、わたしの感情は、鎧や衣を失って、裸で立っている。ちょっと空気が震えただけで、泣いたり、喚き散らしたり、人を殺したくなる。このままいったら大変だという予感がする。何しろ、言葉と物の区別がなくなってしまって、神経がむきだしになっているのだから。わたしが密かに求めていたのはこんな世界だったのだろうか。恐ろしいと同時に、これほど密度の高い生を味わったこともない。ひょっとしたら言語の本質は麻薬なのかもしれない。

ワークショップが終わった翌日、マルセイユの小劇場で朗読会を行なった。翌日はみんなでハンブルクに飛んで、フランス文化センターで朗読会をやることになっていた。わたしはタクシーの中でずっとヨアヒム・ヘルファーとしゃべっていた。まだワークショップの熱が冷めていない。話に熱が入って時間のたつのを忘れていたが、はっと気がつくと、運転手が変な道を走っている。飛行場からは一本道をまっすぐ行けばいいはずなのに、一ブロックずつ右折左折して、住宅地を鼠のように走っている。しかもすごいスピードで。よく見ると、時々知っている建物も見え隠れし、方向は正しいようだ。まっすぐ伸びた大きな道を走ればいいのに、なぜそんな面倒なことをしているのだろう。若い運転手は歯を食いしばっている。ああ、そうか、わたしたちが彼の存在を無視して偉そうに文学論を交わしているので、自分だけ閉め出されているような気がして腹を立てているのだ、と気がついた。こういう経験は前にもあった。日本のタクシーの運転手は身も心もプロになりきっている人が多いが、ドイツのタクシーの運転手には、もと教員や生活の苦しい詩人やアーチストなどがたくさんいる。こいつらは偉そうに文学していて、おれのことなどただの運転手だと思っていやがる、と思ってぐいっとアクセルを踏むのだろう。町は彼の言語、小路は彼だけが知りつくした文法。運転手は迷路を走るハツカネズミのようにくるくるカーブを切りながら走り続ける。わたしは吐き気がしてきて、そのうち泣きたくなってきた。せっかく家にかえって来たのに、タクシーの運転手にハンドルを取られてしまった。これでは、フランス語の中に自分を失っていった時間の続きではないか。

思えば、フランス語ほど長い時間、意味を理解せずに耳を傾けた言語はない。そのおかげで、フランス語はわたしの中で「純粋言語」の位置を占めそうになってきた。そんなことを何年もしているならば、さっさと勉強すればいいのだが、この状態には捨てがたい味がある。やがて勉強し始めるようになるのだろうが、それまでの執行猶予期間を大切にしたい。全然理解できない状態や、まだ少ししか理解できない状態そのものから、どれだけ創作的な刺激を引き出せるか。ドイツ語の場合は必死で、そういうことを観察している余裕などなかった。でも今なら、ある程度、伝達がうまくいかない状態に身を任せて、つまずいたり転んだりする自分をあまり傷つかずに、くわしく観察記録することができるのではないかと思う。人はコミュニケーションできるようになってしまったら、コミュニケーションばかりしてしまう。それはそれで良いことだが、言語にはもっと不思議な力がある。ひょっとしたら、わたしは本当は、意味というものから解放された言語を求めているのかもしれない。母語の外に出てみたのも、複数文化が重なりあった世界を求め続けるのも、その中で、個々の言語が解体し、意味から解放され、消滅するそのぎりぎり手前の状態に行き着きたいと望んでいるからなのかもしれない。

第二部　実践編　ドイツ語の冒険

1　空間の世話をする人

ハンブルク大学で勉強していた頃のこと、大学で面白そうな講演があると聞いて、知人に電話をかけて、「それはどの Zimmer で行なわれるのですか？」と尋ねると、相手が電話の向こうでちょっと笑った。それから、場所を教えてくれたけれども、なぜ笑ったのかずっと気になっていた。そのうちに、大学の教室などは Zimmer とは言わないことが分かった。教室という意味で、Klassenzimmer と言うのならいいが、ただ Zimmer と言うとおかしい。こういう場合は、「講演はどの Raum で行なわれるのですか？」と聞けばいいということが分かった。それは、辞書を引いて分かったのではなく、何年かたって、急にこの時のことを思い出し、確かに、Zimmer と聞くと、絨毯が敷いてあって(敷いてなくてもいいが)、家具があって、暖かいプライベートな感じで、あの閑散とした教室とはイメージが掛け離れているなあ、と自分から思ったのである。ということは、それまでいろいろな人と交わしたいろいろな会話の中で、単純な定義を超えた言葉の意味が分かってきて、イメージとしてわたしの頭の中に堆積してきたということかもしれない。

逆に、人の住んでいる居間や寝室をRaumと言ってもおかしくない。基本的には、空間はすべてRaumである。この単語の意味は、だから、とても広い。空間と時間という抽象的な観念としての「空間」もRaumで、ドイツ語の面白いところは、よく言われることだが、日常使われている単語と哲学書に現れる単語が同一であることかもしれない。そのおかげで、ごく日常的な場面を直接抽象的思考に繋げていくことができる。

たとえば、Raumpflegerinという職業がある。俗にはPutzfrauと呼ばれている、いわゆる掃除婦である。Raumという言葉の抽象的な無機質さが何となく非人間的な感じさえ与えるが、清掃という仕事を客観視することで、歴史的にこびりついた差別の垢を擦り落とそうとしているのかもしれない。直訳すれば、「空間の世話をする人」。「空間の看護婦」と言ってしまってもいいかもしれない。すると、部屋が汚れていたり、散らかっているということは、部屋が病気だということになる。この例を見ても分かるように、下手な直訳というのは、詩的効果を生むことがある。このRaumという単語の頭にtの字を付けると、Traum、つまり、夢が生まれる。ギンカ・シュタインヴァクスという詩人は、そこを捕らえて、掃除婦という単語の頭にtを付けて、Traumpflegerin、「夢の世話をする人」という単語を作った。

ドイツの特急列車ＩＣＥに座席を予約する時には、Grossraum（一般車両）かAbteil（コンパートメント）かと聞かれる。プールの更衣室Umkleideraumなど、日常的に使われる単語にも含まれるRaumはあまりにもよく登場するので、そのうち気にとめられなくなる。それでも、その抽象性は失われない。物置きはAbstellraumとも言うがAbstellkammerとも言う。このKammerはZimmerより暗くて埃くさい、というのはわたしの勝手に思い描いているイメージで、別に埃っぽくなくてもKammerである。Kammerは暗くて埃っぽくて人の滅多に入らない空間を指すなどと言ったら、Kammermusik（室内楽）にも失礼である。Kammerは、狭い空間を指すというほうが正確だろう。

Spielraumという言葉がある。ごく日常的によく使う。たとえば、予定をぎりぎりに組まないで余裕をもって組んでおけば融通が利くという意味で使う。とにかく空間がなければ行為は不可能であるという感覚があるのだろう。spielen（遊ぶ）という言葉も意味が広いので、この平凡な単語の広がりは目眩をおこさせるほどだ。

わたしの好きな言葉にZwischenraumというのがあるが、これは、何かと何かの間にある空間である。日本語には訳しにくい。なぜなら、日本語の「空間」という単語そのものにzwischenの意味がすでに含まれているからである。

先日、シュヴァルベンベルクという町で行なわれた文化フェスティバルで、あるプロジェクトについてのパネル・ディスカッションがあった。そのプロジェクトというのは、十数人の詩人が、自然の中で好きな場所を探してその風景にまつわる詩を書き、そこにペーター・ツムトアという有名なスイス人の建築家がその場所に小さな建築物を建て、中に詩を設置し、訪問者は、村と村の間の田園や小さな森の間を散策しながら、それぞれの詩人の詩を読んでまわる、というものである。詩の住むことのできる空間は書物だけではないのではないか、という発想から出発したプロジェクトでもあった。戸外に建てられた建築物は、詩のための Raum になりえるか。

ディスカッションの中でいくつか面白いと思ったことがあった。一つは、空間という容器があってそこに物が入るわけではなくて、物の存在そのものが空間なのだ、とヴァルター・フェーンドリッヒというミュージシャンが言ったことだった。一つの音が演奏される、その音は生まれることによってすでに存在する空間を占めるのではなく、作る。ある考えが頭に浮かぶ、その考えもこの世に空間を作り出す。つまり、まず容器を作って、そこを後から満たそうというのではなく、言葉を生み出せば、その言葉そのものが空間となるということだ。容器を作れば文化を作ったことになると思って、美術館やコンサートホールや文学会館を建てることに熱心な割には中身に無関心な人に聞かせてあげたい空間論だった。

2　ただのちっぽけな言葉

　言葉は人を傷つけたり、怒らせたり、安心させたりする。たとえば、nurという小さな単語がある。日本語には普通、「しか」とか「ただ」とか「だけ」と訳され、これだけでは、人間の気持ちを左右する単語とは思えないかもしれない。しかし、わたしは、何度かこの言葉で人を怒らせてしまった。

　今でもはっきり覚えているのは、北ドイツ放送局でインタビューのあった後、当時、文化番組を担当していた若い女性に、Arbeiten Sie nur für den NDR?(あなたは北ドイツ放送の番組だけを作っているのですか?)と尋ねると、Wieso? Das reicht doch!(どうしてですか?　それで充分じゃないですか!)と不機嫌そうな答えが返ってきたので困惑したことだった。ドイツの放送局はどこも財政難で人員整理をしたため、フリーで仕事をしている人が増え、一つの放送局だけではなく、いろいろなところを掛け持ちでやっている人の方が多い。だからわたしは、他にどんな放送局で彼女が文学番組をやっているのか知りたいと思って、そういう質問をしたのだった。ところが、彼女は、侮辱されたように感じたようだった。

後で、この話をドイツ人のBさんにしたら、彼女は「その放送局の人が、ノイローゼぎみなのよ。nurという単語が悪いんじゃないわ」と言った。

しかし、やっぱりnurという言葉は注意して使った方がいい、と思ったのは、それから随分たってから、詩人のトーマス・クリングと話した時だった。彼は詩人であるから当然かもしれないが、ひどく言葉に敏感で、しかも、人の言葉の使い方や態度が気に入らないと、その場でストレートに口に出す。確か、グラーツの喫茶店で、演劇の話をしていた時だと思う。日本の能や歌舞伎の役者は普通、昔の日本語やそれに類する言葉でしかセリフをしゃべらない、だからドイツ語の劇を彼らと上演する場合、現代のいわゆる標準日本語ではなく、それなりの言語に訳す必要がある、という主旨のことを言う時に、わたしは、nurという言葉を使ってしまった。すると、彼が、nurではなくてausschliesslichだろう、とすぐに言った。その時、初めて、確かにそうだなあ、と思った。

もちろん、この二語の使い分けは、口語では厳密なものではないが、非難軽蔑と取られる可能性のある場合はausschliesslichという言葉を使った方がいいだろう。日本語の「しか」と「だけ」にも、ちょっと似たところがあるかもしれない。「あの人はドイツ文学だけをやっている」と言えばそれは専門なのだから仕方ないが、「あの人はドイツ文学しかやっていない」と言えば、他のこともやるべきなのにという気持ちが含まれる。

それでも、ausschliesslich という言葉は固いだけでなく、ちょっと冷たい。ausschliessen という動詞が、外に閉め出す意味であるせいか、どうもわたしはこの単語が好きではない。たとえばわたしが文学だけやっていて音楽も絵もやっていないのは、それほどきっぱりした決断によるものではなく、むしろ、あれもこれもやりたいけれども能力と時間が足りないので、何となくやらないで来てしまっているので、つい Ich schreibe nur. などと言ってしまう。すると、「nur とはよく言ったものね、文学やるだけでは大したことじゃないってわけ？」と笑われるが、それでも、この nur にはわたしの気持ちにぴったり合った何かが含まれている。

ausschliesslich と似た意味で、lediglich という単語もあるが、この単語はもっと好きになれない。ところで、わたしは単語の好き嫌いばかり言っているようだが、好き嫌いをするのは言葉を習う上で大切なことだと思う。嫌いな言葉は使わない方がいい。学校給食ではないのだから、「好き嫌いしないで全部食べましょう」をモットーにしていては言語感覚が鈍ってしまう。一つの単語が嫌いな場合は、自分でもすぐには説明できなくても必ず何らかの理由があり、その理由は、個人の記憶や美学と結びついている。だから、思いきりわがままな好き嫌いをしながら、なぜ嫌いなのかを人に言葉で伝える努力をしたい。

さて、なぜわたしがこのlediglichという単語があまり好きではないかと言うと、「わたしはただ自分の義務を果たしているだけです」とか、「わたしはただ自分の権利を主張しているだけです」とか言う時によくこの単語が引っ張り出されるせいだと思う。「わたしはただ自分の義務を果たしているだけです」などと言うのは、警官がデモに参加している人を逮捕して、まわりに非難された時にでも使う言い訳のセリフではないか。自閉的な、感情のこもらない、疲れた、融通の利かない、書類のような顔を持った単語だとわたしは感じる。

nurは小さくて可愛い。「だけ、しか、のみ」でどこが悪い。ある一点に焦点を当て、輝かせるのがnurである。Ich möchte nur Dich einladen. Bei mir gibt es nur Gutes zu essen.(わたしはあなただけを招待したい、わたしのところには美味しいものしかない。)限定が価値を高めることだってあるのだ。

nurには、人を安心させる効果もある。Nur zu!(さあ!)とかNur nicht angstlich!(怖がらずに、さあ!)と言うのも、相手を安心させ、励まそうとしているので、その点は、einfachとも似ている。「簡単な」という意味のこの単語も、人を安心させるのに使える。たとえば誰かが、大学の事務所へ行って入学手続きについて質問したいのだが、自分はまだ入学願書ももらってないし、滞在許可もまだないし、まず他の役所に行かなければいけないのかも分からないし、お金もないし、バイトもまだ見つからないし、ドイツ語もよくできないし、などいろいろ心配して悩んでいるとする。それに加えて、大学の事務所には、意地の悪い事務員の働いている可能性も低くない。こうしてためらっている人に、とにかく行って聞いてみるのが一番だし、自分たちにはそうする権利があるのだ、と励ます意味をこめて、Du kannst einfach hingehen und fragen, ob...(ちょっと行って聞いてみたら?)と言ってやることができる。

このように、小さな言葉で人を怒らせたり、安心させたりできるのは、不思議と言えば不思議、楽しくもあるし危険でもある。

3　嘘つきの言葉

今年また、バーデン・ヴュルテンベルク州のある文学賞の選考委員をやることになり、投稿されてきた原稿を読んだ。今年のテーマは、「Wenn die Katze ein Pferd wäre, könnte man durch die Bäume reiten.(もしも猫が馬だったら、それに乗って木々を走り抜けることができるだろう)」。文学賞にテーマのあるのは、おかしいと言えばおかしい。しかし、テーマが提出されるというのも又、違った意味で面白い。もちろん、入学試験の小論文ではないから、テーマを否定しても、間接的に取り扱っても、かするだけでも、異物として引用するだけでも、それは作者の自由である。

応募作を読んでいて面白いと思ったのは、テーマになっているこの「ことわざ」への対応の多様性であった。中には、「猫は馬ではないのだから、もし猫が馬だったらなどと考えるのは馬鹿馬鹿しい」とか「自分はメルヘンには興味がない」というようなことを登場人物に言わせている人もあった。

ドイツ語には、「Erzähle mir nur keine Märchen.(そんなメルヘンを話すのはやめてくれ)」という言い方がある。日本でも、「おとぎ話」が非現実的な話という意味で、多少の軽蔑をこめて使われることがある。

現実ではないと思われることを非難や軽蔑をこめて言うのに、「絵空事」という言葉も日本語にはある。絵画がこんな形で嘘の比喩として持ち出されるのも迷惑な話である。それは「絵空事だ」と言われたら、「写真の方が正確だと言うのですか？」と聞き返してやってもいいかもしれない。

作りごと、でっちあげ、作り話、でたらめ、などという言葉を並べていくと、お話を作り上げること、すなわち、虚構はすべて悪いことのように思えてくるが、虚構がなくなったら大変だ。虚構というのは物事を捕らえる枠組みでもあるわけだから、それがなくなったら、わたしたちは、訳が分からなくなって、生きていくうえでの方向感覚を失ってしまう。

アメリカで本屋に入ると、本が大雑把に「フィクション」と「ノンフィクション」に分かれていた。あきれるほど単純な、しかしお客には分かりやすい、実用的な分け方かもしれない。ドイツ語の場合は事情が違って、Fiktionと言えば、もっと抽象的な意味で「虚構」のことで、ジャンルとしては通用しない。その方が、わたしにはなんしなく納得がいく。自伝や歴史の本でも、厳密に言えば、作者が自分の歴史観に従って資料を集めそれを解釈し、選択し、空白を埋め、組み立て直して書いているのだから、虚構である。日記も虚構であるとわたしは思う。虚構とは嘘をつくことではなくて、言語の助けを借りて、建物の柱や壁を作ることである。

ジャンルとしてアメリカのフィクションとノンフィクションに当たるものをドイツで探してみると、Literatur（文学）とSachbücher（実用書）という分け方をしてあることが多い。現実を偽るものの比喩として、ジャンル名が使われる例は、音楽にもあるだろうか。次々嘘をついて責任を逃れていく人を指して、あいつはフーガを奏でている、と言うことはないし、数人でグルになって嘘をついている人たちを指して、あいつらは弦楽四重奏をやっているだけだ、という言い方もない。ドイツの慣用句には、時々バイオリンが出てくるが、それは嘘をつくという意味ではない。「第一バイオリンを弾く」と言えば、指導的役割を果たすこと、逆に「第二バイオリンを弾く」人は、陰の存在となる。jemandem gründlich die Wahrheit geigen（バイオリンできっちり真実を弾く）と言えば、嘘をつくことではなく、反対に、歯に衣着せず真実を言うことである。音楽が嘘つきだと思われていないことに、わたしたち文学者は嫉妬するべきか。恐らく、音楽は現実と外見からして全く違うので、比較の対象にならないのだろう。文学や絵は現実を写しているように見えてそうではないところが、嘘つきと言われるゆえんかもしれない。と、ここまで書いて、日本語に、「法螺を吹く」という言い方のあることを思い出し、ほっとした。音楽もやっぱり嘘つきであるらしい。

演劇は、その本質からして嘘つきである。人が自分の本当の気持ちの表現というよりは何かをデモンストレーションするために、すごく大袈裟に文句をがなりたてたりすることをTheater machen(芝居をする)と言う。日本でも「芝居する」とか「芝居がかっている」とか言う。「見えを切る」という言い方も芝居から来ている。

お芝居と本心ということについて言えば、特に北ドイツには、自分の気持ちを偽ることをひどく嫌う傾向がある。嘘の裏に隠れて本心を表さないという意味で、「die Maske(仮面)」の比喩も出てくる。ついでに言えば、日本語でも、「能面のよう」という言い方がある。しかし、こういう言い方が日本で可能であること自体、わたしはちょっと不思議に思う。能面を無表情だと感じる人が本当にいるのだろうか。わたしにとっては、能面ほど表現力に富むものはない。むしろ、仮面ではなくて、「猫を被る」という言い方が面白い。

日常生活の中で演技をすることへの反発は一般にドイツの方が日本よりずっと強い。「アメリカや日本ではお店の人がいやに親切で、本心なのか芝居なのか分からないから不愉快だ」というドイツ人がよくいる。実際、わたしの住んでいるハンブルクでは、客に対してぶすっとしている店員がかなりいる。別に不親切なわけではないが、物を買ってくれるからといって、ニコニコするのは良くないと思っている。その日機嫌が悪かったら、いかにも機嫌が悪そうな顔をしているのが正直ということである。わたしは日本で育ち、物を買う時には店員が親切なものと思い込んでいるから、店員がぶすっとしていると腹が立つ。しかし、そう思って、日本へ行って、エレベーター・ガールなどを見ていると気持ちが悪くなり、ハンブルクに帰りたくなる。日本では、嫌なお客にもニコニコして対応するというような態度は、普通、非難されるどころか常識になっている。「それは芝居か」と聞かれたら、日本の店員はどう答えるだろう？「いいえ、これは仕事です」と答えるかもしれない。

4　単語の中に隠された手足や内臓の話

ダブリンで、ドイツ語のワークショップをした。わたしの書いた小説に「Ein Gast(客)」というのがあるが、そこに出てくる「蚤の市の発想」でやってみてください、とユニバーシティー・カレッジ・ダブリンのドイツ語の先生に頼まれた。この「蚤の市の発想」は少し説明を要する。

この「客」という小説には、蚤の市の側を通りかかった主人公が、蚤に閑していろいろ連想を始める場面がある。蚤の市という単語はよく使われる普通の単語なので、この単語を耳にしても、普通は誰も虫の蚤のことなど思い浮かべないが、「蚤」と「市」を切り離して、「蚤」の具体的な意味を考えてみると、気になる言葉だ。jemandem einen Floh ins Ohr setzen という慣用句も浮かんでくる。これは、直訳すれば、人の耳に蚤を入れるということだが、人に何かアイデアや願望を吹き込むことを意味する。吹き込まれた方はそれが気になって、落ち着きがなくなる。身体に虫が入っていて落ち着かないという感覚は、なんだかよく分かる。日本語にも、蚤ではないが、潜在意識を意味する「虫」がある。これは、他人に吹き込まれるわけではなく、もともと人の身体に住んでいるらしく、理性に操縦される意識を無視して、勝手な行動を取る。この虫の居所が悪ければ、些細なことでもすぐにいらいらしてしまう。特に理由はなくても、虫の好かない相手というのもいる。虫の知らせがあったり、腹の虫がおさまらなかったりすることもある。

このように、合成語や慣用句などは、中に面白いイメージが隠されていても、普段わたしたちは、それを気にとめないで使っている。わざと、そこを気にとめてみようというのが、このワークショップの狙いである。外国語を学んでいる時の方が、母語でしゃべっている時よりも、そういうことに気がつきやすい。それは、外国語の単語が母語とは違った分類法で、頭の箪笥に入っているということではないか、とわたしは思う。たとえば、母語が日本語である人の場合、「虫の居所が悪い」という表現と「機嫌が悪い」という表現が、同じ引き出しに入っている。日本語が母語ではない人の場合は、「虫の居所が悪い」という表現は、「鈴虫」や「虫歯」や「弱虫」という単語といっしょの引き出しに入っている。母語の慣用句の場合は、レストランで出た食事のようなものだから、そのまま食べるだけだ。外国語の慣用句は、生成の過程がなまなましく見えるから、出来合いのお惣菜を買って来たようなもので、そこに自分で大根とか胡椒とか加えてやろうという気にもなる。ナボコフの研究家の人が教えてくれたところによると、ナボコフは英語の慣用句 to cut a long story short(手短に言えば)を少しだけ変えて to cut a long story quite short と書いたりしているそうだ。日本語ならば、たとえば、慣用句をいじって、「手短なだけでなく、足短に言えば」などと言うこともできるかもしれない。

ネイティブ・スピーカーではないために、出来合いのお惣菜をそのまま楽に食べられない苦労を逆手に取って、言葉を外から眺め、文学的刺激にして楽しんでやろう、というのがこのワークショップの意図である。

アイルランド人のドイツ語の先生や、学生、ドイツ語を勉強している高校生などが集まって、二回、ワークショップを行なった。ドイツ人講師も、見学者にとどまらず、楽しんで積極的に参加していた。一度目は、「蚤の市」のように、ごく当たり前のいつも使っている単語だけれども、よく見ると合成語で、それを分離して個々の意味を考えてみると、面白いイメージの浮かんでくる単語を集めた。学生が最初に出したのは、怠け者という意味の、Faulpelz だった。直訳すると、腐った毛皮。この学生は更に、Frühstück(早い一切れ＝朝食)という単語を出した。そして、朝起きたら身体が腐った毛皮のようになっていて、それをひきずって、食べたくもない朝御飯を無理に、ひとつひとつ(Stück für Stück)口に入れていく主人公の出てくる話を書いた。朝起きるのが苦手な人間には身にしみる話である。又、高校でドイツ語を教えている先生は、動物の名前の入った単語をいくつか出した。Katzentisch(猫膳＝人が集まって食事する時、子供だけを別に集めてすわらせる小さなテーブル)、Affentheater(猿芝居)、Hundewetter(犬天気＝ひどい天気)。花の名前を出した人もいた。たんぽぽはLöwenzahn(ライオンの歯)、三色スミレはStiefmütterchen(継母ちゃん)。綺麗なはずの花たちが、おそろしい歯をむき出してくるように思えることのあるのは、この名前のせいなのかもしれない。言葉を集めれば、リストができる。その中で、自分が特に面白いと思った単語、心を誘い、知性をくすぐる単語を一つでも複数でもいいから拾い出して、短い文章を書く。Atemzug(呼吸)から、Atem(息)を切り離してみると、後半にZug(列車)が残る。自分のAtemzugに乗車して旅に出る話を書いた人もいた。二回目のワークショップでは、まず身体の部分の名前の入ったドイツの都市の名前をみんなで集め、それから、各自が一つ、町の名を選んで、その町について、短文を書いた。たとえば、Dortmundには口(Mund)があり、Darmstadtには腸(Darm)がある。あまり有名ではないが、ハンブルクの北西にItzehoeという町がある。この町について架空の観光解説を書いた参加者がいた。der Zehは、足の指のこと。この人の書いた架空のパンフレットによると、この町は、地区が十に分かれていて、川を挟んで扇状に左右五つずつ並んでいる、一番北の二区は大きく、一番南の二区は小さく、あとの六区は同じくらいの大きさで、それぞれの地区にある商店街の敷石は、夏になると真っ赤に塗られて輝く、ということである。その他にも、Saarbrücken (Rücken = 背)、Maulbronn (Maul = 口)、Potsdam (Po = 尻)、Garmisch-Partenkirchen (Arm = 腕)、Rehmagen (Magen = 胃)、などの地名が挙げられ、更に町の地区の名前も許されるなら、ベルリンにはKreuzberg (Kreuz = 腰部) がある、ミュンヘンには Haar (髪の毛) という名前の地区がある、という話になっていった。

意味の伝達の道具として言葉を使う習慣から、遊びによって一時的に解放されることによって、言葉そのものに触ることができる。触ってみれば、言葉の身体の中に書き込まれた文化史を学ぶこともできるし、心という幻想の町を訪れることもできる。日本にも江戸時代には、言葉遊びの盛んな文化があった。更に遡れば、掛詞の伝統があり、言葉の「遊び」が文学にとってどれだけ大切なものであるかが分かる。ドイツというと日本ではまだプロイセンのイメージが影を落としているせいか、ドイツ語と聞いて遊び心を誘われる人は少ないようだ。ドイツ語でこそ遊んで欲しい、とわたしは思う。

5　月の誤訳

先日、『松尾芭蕉の『奥の細道』のドイツ語訳を読んだが、訳がおかしいのではないか」と、ドイツに住む日本人に言われた。前にも同じことを言っていた人がいた。「やっぱり、分かっているようで分かっていないんですよね」とこんな時によくあるコメントが付く。日本人でなければ日本の古典は本当の意味では分からないという思い込みがあるから、こういう発言が出るのだと思う。国外の優れた日本学者たちとつき合ってみれば、この思い込みはすぐにくずれると思う。

『奥の細道』に話を戻すと、最初の「月日は」の訳がそもそも間違っているとその人は言った。自分で読んだ時には、間違っていると感じた記憶が全くないので、気になって確かめてみた。「月日は百代の過客にして」の月日がSonne und Mondと訳してあるのを見て、その人は、「月日」というのは時間という意味なのに、太陽と月と訳してしまうなんて、初歩的な間違いだ、と言うのである。それが一般的な考え方かもしれない。「矛盾」

という単語をWiderspruchと訳さないでHellebarde und Schild(矛と盾)と訳したり、「水商売」をWassergeschäft(水-仕事)と訳すようなものではないか、というわけだ。

しかし、この『奥の細道』のドイツ語訳は美しい。しばらく考えているうちに、こんな気もしてきた。中世の人間が、「月日」と言った時、実際の太陽が出て沈み、月が出て沈む情景が、比喩としてではなく、具体的な生活感覚としてあったのではないか。わたしのように、コンピューターのスクリーンの隅に出た数字を見て、今日は五月十八日か、と思ったり、もう十時か、と思ったりするのとは全然違う。もちろん、太陽や月が現代も無いわけではないが、時間を計る道具ではなくなっているので、月日というのが、一種の比喩になってしまったと言うことができるだろう。しかし、誤訳と思われるまでの直訳は、わたしたちを言葉の原点に立ち返らせ、言葉を比喩という老衰から救う役割を果たしてくれることがあるように思う。

『奥の細道』が「月日」という単語で始まるのが美しいのと同様、そのドイツ語訳がSonne und Mondで始まるのは美しい。Zeit(時間)では抽象的すぎる。わたしにはなんだか、窓の外の月が実際、空のお客さまとしてやって来ていて、また帰っていくという具体的なイメージが湧いた。月を空のお客さまとして思い浮かべたことはこれまでなかったので、心を動かされた。

似たような例で、『雨月物語』の雨月がドイツ語訳でRegenmondとなっているが、Regenmonatの間違いではないか、と日本学専攻の学生に言われたこともある。わたしは、恥ずかしながら、「雨月」というのがいったい何を意味するのか深く考えてみたことがなかった。陰暦で五月を指すのか、それとも、雨の日に出ている月をさすのか。もっと恥ずかしいことに、雨の降っている時にも月が見えることがあるのかどうかについても、真剣に考えてみたことがなかった。雨に月の光が反射して光る美しい映像が浮かぶのだが、それはわたしが勝手に考え出したものかもしれない。

さて、ドイツ語訳者の後書きを読んで見ると、このRegenmondは陰暦五月という意味で訳しているのだ、と書いてある。つまり、意識的に、そう訳したのだ。この単語は、本来ドイツ語にはない。しかし、ドイツ語で普通に使われるRegenmonatを使ってしまうと、雨期Regenzeitというだけのことで、雰囲気がない。この時期は雨期なので旅行はお勧めできません、と東南アジアの旅行ガイドブックなどによく書いてあるのを思い出すくらいだ。ところが、Regenmondは、意味は正確には分からないが、なんだか、心を誘われ、『雨月物語』の雰囲気をよく伝えている。だから、学生に「間違っている」と言われてしまったこの訳は成功していると言えよう。

翻訳をする時に、ぴったり当てはまる単語がないので、新しい単語を作ってしまったという経験は誰にでもあるだろう。自分の詩の話になって恐縮だが、わたしが昔日本語で書いた「月の逃走」という詩に、「月のような不安、月のような憂いも消えて」という一節があるが、それを訳者のペーター・ペルトナーは「Die mondgestaltige Angst, der mondgestaltige Kummer sind weg」と訳した。月の形をしたという意味の形容詞を作ってしまったのである。これは、わたしとしては、月を比喩に使うな、月は月なんだ、だから、「月のような」などと言わせないぞ、と言って、月が自転車に乗って逃げていってしまうという話なのだが、そういう意味では、空という家にお客さまとしてやってきてはまた帰っていくお月様のイメージとも共通しているところがある。

ルートヴィッヒ・ティークの詩「Wunder der Liebe（恋の奇蹟）」に「Mondbeglänzte Zaubernacht（月に輝く魔法の夜）」という一節があり、わたしにはロマンチック過ぎるが、頭にこびりついていて離れない。ロマン派の詩にはよく月が出てくる。

ドイツに来たばかりの頃、mondsüchtigという単語がおもしろいな、と思ったことがある。これは直訳すると「月中毒」、一種の夢遊病なのだろうが、それは月に誘われて、眠ったまま外を歩く人のことだ、と同じ会社のドイツ人に教えられ、ドイツの月は人を催眠術にかけるのだろうか、と恐くなった。麻薬中毒の人をdrogensüchtigと言い、アル中をalkoholsüchtigと言うが、それと同じように月中毒などと言うのは面白い。独和辞典では、「月夜彷徨症」という単語も見つけた。独和辞典でしか見たことのない単語というのが時々あるが、その中にはイメージをかきたてる楽しいものがたくさんある。

時勢に遅れていることを「Er wohnt hinter dem Mond.（彼は月の裏側に住んでいる）」と言うことがある。たとえば、知り合いの哲学者で、地下室で書物に埋もれ、四十年くらい前から現代生活の影響を受けていないことで有名な人がいるが、彼は二年ほど前、友人の家に行って「へえ。君のところは白黒ではなくてカラーテレビなの、すごいね」と言ったそうである。こういう人を見ていると、「月裏人」と日本語を作ってみたくなる。

6 引く話

一つの点からもう一つの点に、線を引いて繋ぐのは楽しい。子供の雑誌の付録などで、線を繋いでいくと、おとぎ話の風景などの絵が現れるものがある。そこに更に色をつける塗り絵もある。色をつけると、線に囲まれた「面」がはっきり現れる。

一人の人間と長くつきあっていると、「性格」が見えてくる。Charakterzüge(特徴)という言葉がある。「性格線」という訳語を作ってみた。たとえば、あの人は、怒りっぽい性格なのだな、と思うのは、その人がかっと燃え立つように怒り出すところを二度目に見た時である。一回目の光景と、二回目の光景の間に、線が引かれて、あの人は怒りっぽい、という線が見えてくる。しかし人間はもっと複雑なので、線が簡単に引けるとは限らない。初めて会った時にはすぐにうちとけてくれたのに、二度目に会った時にはすごく冷たかった、など、矛盾に満ちた要素をいくつも集めていくうちに、何本かの線がやっと引かれていくこともある。こういった複数の「線」がたくさん引かれて、「性格」という「面」が現れるとわたしたちは信じ込んでいるようなところがあるが、よくよく見ると、線はきらりと光って目に見えたかと思うと、次の瞬間には消えてしまったりして、なかなか、べったりした面にはならない。

顔の表情についても、Gesichtszüge(顔だち)という言葉がある。表情は、顔の表面に現れては消える。表情そのものが現れるというよりは、わたしたちの目が本当は人の目には見えないはずのものを読み取るのかもしれない。それは鳥の飛翔のように過ぎ去る。わたしたちが自分の目で見ているつもりになっている相手の顔も実はそういう形の定まらないものなのかもしれない。あの人は目が大きいとか、鼻が低いとか、そういう静止した要素よりも、表情そのものが「顔」を作る。表情は動的なものであるから、それを捕らえる側の視線も動的でなければならない。肉食動物は、動くものはよく見えるが、動かない物はよく見えないと聞くが、人間にも、顔の中を「走る」もの、「走り過ぎる」ものを捕らえる視線があっていい。Zugという単語を見ていて、そういうことを考える。

Zugというのは、ごく普通の電車のことも指す。鉄道は、一つの町からもう一つの町へ線を引く。日本語では、「電車」とか「列車」とかいう単語は、「線」とは関係ないが、その代わり「線路」という単語には「線」が含まれていて、その線が町と町を結んでいく。Zugという単語は、動詞のziehen(引く)と深く結びついている。一両目が残りの車両を「引いて」走っていくから、Zugなのだろう。「引く」という言葉は、わたしたちの日常生活の中でも随分頻繁に使われる。まず目が覚めて、起きたら、服を着る(sich anziehen)。着る物(Anzug)は、作業服(Arberiteranzug)、運動着(Sportanzug)、水着(Schwimmanzug/Badeanzug)など、いろいろある。

朝食に紅茶を飲む人も多いだろうが、紅茶の葉っぱから紅茶の味を出すことを、ziehen lassenと言う。日本語には、「旨味を引き出す」という言い方はあるが、「お茶を引き出す」とは言わないで、「お茶が出る」と言う。湯が引っ張るからお茶が出るのか、お茶が勝手に湯の中に出ていくのかは、わたしにも分からない。

朝食の光景に話を戻すと、和食を食べる人の食卓では、納豆が糸を引いて(ziehen)いる。その他、日本には、山芋やオクラなど、糸を引く食べ物がいくつかある。ネバネバは健康にいい、という説もある。

まだ口座にお金が残っているかどうか見るためには、銀行でKontoauszug(口座残高通知書)を引き出す。そこには、引き出された金、振り込まれた金、残高などが印刷されている。「お金を引き出す」という日本語にも「引く」という言葉が入っている。

子供を育てる(grossziehen)のも、一種のziehenである。しつけのことを、Erziehungと言う。住居の移動もziehenである。ドイツの子供は十八歳くらいになると、まだ結婚はしないが、独立して、両親の家(Elternhaus)を出ていく(ausziehen)ことが多い。引っ越し(Umzug)も一種のziehenか、と思って改めて日本語の「引っ越し」という言葉を見てみれば、そこにも、ちゃんと「引」という字が入っている。初めは一人でどこかにアパートを借りて住んだり、友達と住んだりしている。それから、恋愛関係(Beziehung)などが成立し、それが壊れたり新しく出来たりする度に、何回も引っ越し(Umzug)を繰り返して、そのうちに世の中が面倒臭くなって、隠居する(sich zurückziehen)人もいるだろう。

夜になれば、敷き布団にBettbezug(シーツ)をかけ、枕にKissenbezug(枕カバー)をかけて、寝る。そんなところにもZugは隠されている。

よく耳にする表現に、Es zieht. というのがある。ドイツでは、隙間風が、部屋の中、電車の中などを通り過ぎると、「Es zieht.」と言って、顔をしかめ、そそくさと窓を閉めている人がよくいる。通り風は健康に悪い。扇風機にあたったまま眠ってしまうと危険なのと同じで、肌から体温を奪うのだろう。しかし、隙間風を恐れるのは、それだけの理由ではない、という話を読んだことがある。家の中を悪い霊が通り抜けていくと、不幸が起こるという迷信が昔あった。この隙間風のぞっとする感じは、寒い国に長年住んでいると、だんだん感覚的に分かってくる。

「引」の中でも一番魅力的なのは、人の気を「引く」魅力 Anziehungskraft だろう。ある人を見て、目も耳もそちらにひきつけられて、思わず足がそちらに踏み出される。見えない無数の糸に引っ張られて、わたしたちは、動きの中で生きている。

7　言葉を綴る

「作文」という日本語は、考えてみると、随分そっけない。文を作ること。「作る」という作業のイメージは、材料を集めて、道具を使って、うまく組み合わせ、つなぎ合わせていくという感じである。しかし、実際には、文章を書いていくと、目には見えないものが肌の表面から宙に流れ出し、又、言語の方も生き物のように動き出し、両者の体温が上がり、書き手は自我を忘れて一種の陶酔状態に入ることさえある。それは、「作る」という職人的な語感には似合わない出来事である。書くという行為に相応しい、もっと魔的な単語はないか。

ドイツ語には Aufsatz という単語があって、これもどちらかと言うと、乾いた、醒めた感じがする。学校で書く作文も指すし、学者の論文も指す。はっきり区別したい時には、前者を Schulaufsatz、後者を wissenschaftlicher Aufsatz と言う。論文でも、それだけで一冊の書物になるような長いものではなく、論文集に収録されるような短めのものである。

Satz(文)は、setzenという動詞から来ていて、この動詞は、しかるべき場所にしかるべき物をしっかり置いて、それがその場にしっかりおさまる感じ、「据える」という感じである。だから、これだという文章がこれだという場所に置かれた時や、洋服がぴったり合った時、又、俳優のセリフの言い方が「きまった」時、setzenしたと言う。

逆に、「わたしは呆れてしまった」(Ich war entsetzt.)という風に使う、entsetzenという単語がある。entは、何かから離れるという意味を持つ。予想外のひどいことに遭遇した時に、呆れて、ちゃんとあるべき場所におさまっていたはずの理性、常識、情緒などのたがが外れて、宙吊り状態になり、ぽかんとしてしまうから、こう言うのだろうか。ところで、Aufsatzをそのまま動詞にしてみると、aufsetzenとなる。この動詞は作文を書くという意味では使えないが、たとえば、やかんやなべを火にかける、帽子を被る、眼鏡をかける、などの意味で、日常よく使う。

なべを火にかけると言えば、自分の考えを火にかけて、暖め、沸騰させ、煮詰める感じというのは誰でも身に覚えがあると思う。煮過ぎて、くたくたになって、味がなくなってしまうこともある。

ちょっと古いが、日本語には、他に、「綴り方」という言葉もある。綴るというのは、言葉をつなげて文章を作っていくということなのだろうが、ちょっと織物のような感じもする。糸偏の「綴」という漢字は、糸が左側で支配していて、右には「叉」という形がオーナメント風に繰り返されている。見た目が錦織のような綺麗な漢字だと思う。

現代日本語では、綴りと言えば、書くといっても、狭い意味での書き方、つまり、スペリングしか指さないが、「つづる」という語感の方が、わたしは「つくる」という語感よりも好きである。

一九九九年にボストンのマサチューセッツ工科大学にライター・イン・レジデンスで呼ばれて四ヶ月滞在していた時、ドイツ語を習っている学生たちに、作文を何回か書いてもらった。学期中に三回書いてもらった長めの作文の他にも、週二回の授業の後で、その時間に思ったこと、次の時間の予習をして読んだ小説の感想など簡単に書いて、毎回、授業の前に提出してもらっていた。工科大学であるから、専攻はみんな自然科学、数学、技術などだが、教養課程で外国語や文学が必修になっているので、彼らはドイツ語とドイツ文学を選択したわけだ。文学部ではないから作家になりたいなどという学生はいないし、小説など普通はほとんど読まないし、日記も書かない。そのせいか、逆に、この「作文」が楽しくなって、毎回枚数の増えていく学生が何人かいた。授業で扱った本のことだけでなく、その日に恋人と喧嘩した話などまで紛れ込んでくる。自分は普段は文章など書かないけれども書き始めたら楽しくなった、という感想を漏らす学生もいた。母語では手紙さえ書かない人間が、語学の授業の課題をきっかけに、外国語で自分の気持ちや夢など、個人的なことを綴るようになっていくのは奇妙と言えば奇妙だ。わたしから見れば、楽しい実験でもある。日本でドイツ語を勉強している人にも、ドイツ語で日記をつけることを勧めたい。文法、スペル、その他、いろいろ間違いを犯すかもしれないが、そういうことは取り敢えずあまり気にしないで、書きたいことをなるべく楽しんで書く。面白いのは、日本語では恥ずかしくて書かなかったかもしれないようなことを平気で書けることもあるということである。そうやって、毎日書いているうちに、綴られた文章の連なりが織物のようなもう一人の自分を生み出していくかもしれない。外国語を学ぶということは、新しい自分を作ること、未知の自分を発見することでもある。わたしたちは日本語を通して世の中の仕組みを学び、人との付き合い方を学び、大人になってきたわけだから、こういうことは考えてはいけないとか口にしてはいけないというタブーが頭の中に日本語といっしょにプログラミングされている。つまり、日本語でものを書いている限り、タブーに触れないようにする機能が自動的に働いてしまう。それが、他の言語を使っていると、タブー排斥機能が働かなくなって、普段は考えてもみなかったはずのことを大胆に表現してしまったり、忘れていた幼年時代の記憶が急に蘇ってきたりもする。

チェコ出身のドイツ語作家リブーシェ・モニコヴァが生前、デビュー作の中で、主人公が暴力を受ける部分は、とても母語では書けなかった、それをドイツ語で書いたことが自分の文学的出発になった、と語っていた。

精神分析は母語でなければできない、と言う専門家はもちろんたくさんいるが、敢えて外国語でやる精神分析というのもあるかもしれない。話したくないことも、外国語だと割に簡単に口から出てしまうこともあるのではないか。これまでで一番恥ずかしかったこと、最近泣いた理由、自分の嫌いな人についてなど、ドイツ語で綴ってみてはどうだろう。

8　からだからだ

日本に何年か住んでいたことのあるスイス人のAさんに、「からだ」という日本語が懐かしい、と言われた。「からだ」の訳語は Körper だけれども、両者は全く違う。たとえば、日本ではよく「おからだに気をつけて」と言うが、それを直訳して、Körper に気をつけてください、と言ってみると、ひどく変である。日本語でも、もし誰かに「肉体にお気をつけて」などと言われたら、どきっとするだろう。実際、Körper というのは、性欲や食欲などによって、人間の精神的な営みの邪魔をするもの、という語感もまだ強く残っているので、「肉体」という訳語の方が適しているかもしれない。

「からだに気をつけてください」というのは、現代的に言えば、「健康に気をつけてください」ということだけれども、ドイツ語で、「Achten Sie auf Ihre Gesundheit!(健康に気をつけてください！)」と言うのも、別れの挨拶としては、やはりおかしい。相手が病気だったという事実でもあれば、そう言うこともあるだろうけれども、ごく普通の人にそう言えば、自分はそんなに顔色が悪いだろうか、などと思って、相手は逆に心配してしまうかもしれない。

日本語の「からだ」は「カラだ」、つまり、からっぽだから入れ物だ、と言った人もいるが、単なる容器である肉体というものがあると思っている人たちがどこの国にもいる。彼らは、容器である Körper は上手く経営して健康にしておけば精神活動の邪魔をしないからありがたいが、あくまで容器であるからそれ自体からは何も生まれてこない、と思っている。「健全な精神は健全な肉体に宿る」などということわざも、肉体を単なる宿と見なしているようにも聞こえなくもない。

それとは逆に、Körper の独立した価値を見直す考え方も最近では強くなってきた。たとえば、わたしは右利きなのに、ボタンをかける時には、左手だけでかける。右手の骨を折って右手が使えなかった子供時代数ヶ月の記憶(Gedächtnis)がそこには潜んでいる。頭が忘れてしまったことでも、からだが記憶していることがあり、からだは自らの言葉でそれを表現することもできるということかもしれない。

そういう意味で、ドイツ語の Körper という単語は、流行語にもなっている。Korper はお荷物ではなく、人間の生の一つの中心である、という考え方だ。もちろん、この流行のあり方には、臭いところもある。「あなたは頭だけで生きていますね、それではいけません、身体と魂と精神の統一をめざしなさい」などとヘルシー教の三位一体を唱えるのは、瞑想クラブや新興宗教の勧誘ビラの常套手段で、かなり、いかがわしい。

しかし、Körperという言葉の名誉復活には、人間という主体の複数性を見直すという意味合いも含まれていて、これは、殊にここ二十年あまりの文学研究においても、重要なキーワードの一つになっている。たとえば、学校へ行きたいと思っても、実際に行こうとすると、熱が出てしまう。行きたいのも本当の自分だし、行きたくないのも本当の自分である。

人間だけではなくて、言語にもからだがある、と言う時、わたしは一番、興奮を覚える。日本語にも、たとえば、文章のからだ、「文体」という言葉がある。文章はある意味を伝達するだけではなく、からだがあり、からだには、体温や姿勢や病気や癖や個性がある。つまり言語にも生きたからだがあり、意味内容だけに還元してしまうことはできない。わたしはよく、言葉のKlangkörperとSchriftkörperということを考える。これらは決してよく使われる合成語ではないが、Klang(響き)とSchrift(文字)は、大変一般的な単語である。それらの単語にKörperを付ければ出来上がり。言語は意味を伝達するだけではなく、たとえば響きというものがあり、響きそのものが作り出す意味もある。文字についても、同じことが言える。書道などでは、文字の形が意味を表現するのは当然であるが、アルフアベットでものを書く場合でも、文字のからだがそこにあるということを意識しないではいられない。文字はわたしが書こうと思っていることを書くことを可能にしてくれながらも、それをわたしから奪い取って、自分のからだにしてしまうので、書かれた文章はわたしから離れて独立する。「文章を書くと、自分の気持ちが自分から離れていって、自分のものではないようになってしまうし、文章にしてみると内容も違ってしまうようで嫌だ。だから、何も書かないで、気持ちは自分の中にしまっておきたい」と言った友達がいた。そういう人は作家にだけはならない方がいい。書くという作業は、作者とは別のからだである言語という他者との付き合いなのだから。

言語の持つからだが Sprachkörper ならば、からだの話す言語は Körpersprache である。これは、身ぶり手ぶりなど、言語ではなく、身体を使ったコミュニケーションである。言葉の通じない国に旅行で行った時には、これを使うことがよくある。しかし、身ぶり語も文化によって違う。たとえば、わたしのドイツ人の友達Bさんが日本人の家に遊びに行った時、細長い廊下を通ってトイレに行くことになったが、行き過ぎたのだろう。日本人の方は彼女を呼び返そうとして、手招きした。しかし、ドイツ人にとっては、手のひらを下にして四本の指を動かして手招く手ぶり語は、もっとあっちへ行けという意味になる。彼女はそこでどんどん奥へ行く。日本人はあせって、ますます激しく手招きする。このような身ぶり語の違いがあるので、ドイツで、店に招き猫を置いておいたら、お金もお客も、遠のいてしまうかもしれない。

ドイツでは、「お金」という意味で、人さし指と親指の先を擦りあわせる動作をする人も多い。

また、人さし指で額をこつこつと叩くのは、ある人やお役所のやり方があまりにもおかしい、という意味である。この動作だけで意味は充分通じるが、彼は(頭の中に)鳥を飼っている(Er hat einen Vogel.)という慣用句を同時に言うことも多い。

イタリア人などはしゃべっている時の身ぶり語が多く、ドイツ人は少ないということがよく言われるが、個人差も大きい。話に熱がはいってくると、右手を外回りに回転させる人をよく見る。肘を曲げているから描かれる輪はそれほど大きくないが、強調される言葉に合わせて、ぶるんぶるんと勢いがつくので、聞き手はぶつからないように気をつけた方がいい。わたしの観察してきた限り、内回りはなく、必ず外回りである。ハンブルク大学にいた頃、一度、週末ゼミをビデオで撮ってみんなで見たことがあった。いつもは気のつかない身体の言葉が非常に多いことに気がついて、みんなで大笑いしたのを覚えている。

9　衣　装

服は、身体にとっては、外部だから、人間の気持ちとは直接繋がっていない、とわたしたちは普段、思っている。悲しい時に、額に皺が出ることはあっても、ブラウスに皺が出ることはない。機嫌がいいからと言って、磨いていない皮靴が光り出すこともない。

しかし、慣用句を見ると、人の気持ちは服の中までも染み通っているのではないか、と思えてくるような言い方がたくさんある。たとえば、ネクタイ(der Schlips)を例に取ってみると、慣用句で、jemandem auf den Schlips treten(人のネクタイを踏む)と言えば、人を侮辱することである。これはよく使われる言い方だが、ネクタイなど勝手に首からぶらぶらさがっているだけの布切れだと思っている人でも、それを人に踏まれることを想像してみれば、なんだかいつも「自尊心」と呼んでいる種類の何かが、その布切れにすでに染み込んでいることに気がつくだろう。ネクタイなど、もちろん締めたことのないわたしでも、身体感覚として分かる言い方だ。

「踏む」と言えば、日本語でも、「人の気持ちを踏みにじる」とか、「土足で人の家に踏み込む」と言うことがあるが、足で他人にさわるのはやはり、いけないことらしい。

ネクタイは、西洋から入ってきたものなので、日本語の慣用句には、ネクタイの出てくるものはない。ポケットなどという単語も同じである。その代わり、「懐」という言葉などは、「懐が暖かい」などと、着物を着なくなった現代でも使われる。洋服の流行は移り変わりが激しいけれども、慣用句は意外に長く残るということかもしれない。「馬子にも衣装」などという言い方が今でも通じるのは、「馬子」という言葉の古めかしさを考えると、驚くべきことかもしれない。

帽子は最近はやらなくなったが、かつては洋装には帽子を被らなければおかしかった。今でも、ウィーンなどで古風な喫茶店に入ると、コートといっしょに男性の帽子が預けてあったり、婦人たちが婦人帽を被ったまま、コーヒーをしたためているのを目にする。

誰かに敬意を示して、「脱帽！」(Hut ab!)という言い方があるが、帽子は、意外によく使われる単語だ。

Ihm ging der Hut hoch.(彼は、帽子が飛び上がった)という言い方もよく耳にする。意味は、怒りのあまり、理性を一瞬失うほどの興奮状態になること。傷つきやすい心がネクタイに宿るものなら、怒りは帽子に宿るものらしい。

帽子には、独特の形がある。それは、拡大して考えれば、ドームなどを思わせる建築的な形であるとも言える。ドームには、たくさんの人たちが集まってくる。たとえば、一つのグループや組織の中に、いろいろな性格の人、ものの見方、意見などが混在する場合に、それを一つにまとめていくことを、unter einen Hut bringen(一つの帽子の下におさめる)と言う。

帽子の形を逆に縮小してみれば、Fingerhut が現れる。これは、金属や陶器でできたキャップ形の指ぬきのことで、裁縫をする時に指に被せる。なんだか気になる小物である。オーストリアやドイツで、お土産に買ったことのある人もいるかもしれない。

襟は、人間の正義をつかさどる部分である。激しく人の責任を問いつめる時に、相手の襟(der Kragen)をつかんで揺さぶる動作は、映画などでよく見かけるが、jemanden beim Kragen nehmen(襟首を摑む、詰問する)という慣用句がある。

日本語では「襟を正して」と言うが、襟を直すと不思議と心構えがまっすぐになるような気がする。いずれにしても、襟というのは、まじめな部分だ。だから、無責任にぼんやり生きていたい時は、襟のないTシャツなどを着ていれば、襟を正す必要もないし、襟を摑まれて責任を問われる心配もない。

ベルトは、der Gürtel と言うが、ベルトをきつく締める(den Gürtel enger schnallen)

と言えば、贅沢な欲求を押さえて、節約すること。どうやら、ベルトは、比喩的には、人間の身体を上と下に分ける役割を負っているらしい。上には頭や顔があって、それは理性につかさどられた公の部分で、下は消化、排泄や性交などと関わる個人生活の部分。わたし自身は、そういう身体の二分化には、賛成しかねるが、世間ではそう考えられているようだ。二つの世界を分ける国境は「ベルトの線」(die Gürtellinie)。だから、ジョークや悪口があからさまかつ下品な形で、性の領域に踏み込んだ場合、「ベルト線の下」(unter der Gürtellinie) へ行ってしまった、と言う。この慣用句は変になまなましいとわたしはいつも感じていた。腰とかお臍とかお腹とか言うよりも、ベルトと言う方がなまなましいのが不思議だ。

日本には帯というものがあるが、これは、ベルトと違って、きつく締めても、柔らかい。逆に、帯を緩くする、と言えば、警戒を解いてほっとすること。ただし、これは、今の日本ではもう一般的ではなくなってしまった言い方かもしれない。

「袖の下」という言い方は、よく使われる。袖の下から出てきたものは、どこからどう出てきたのか、よく分からない。ちょっとあやしげな感じだ。政治家は袖の中にこっそり札束を入れたりするが、それとは逆に、手品師は、袖の中から鳩や兎を出す。ドイツ語には、aus dem Ärmel schütteln (袖の中から振って出す) という言い方があり、これは、何かをいとも簡単にやってのける、という意味である。

最後に、ズボンを見てみると、何かがめちゃくちゃに失敗してしまった時には、in die Hose gehen(ズボンの中に入る)という。これも、なぜなのか分からない。ズボンのポケットに穴が開いていて、入れた金貨が穴を通って、ズボンを通って落ちてしまう、というのが、わたしの抱いているイメージだ。

ドイツに来たばかりの頃、すごく印象深かったのが、tote Hose(死んだズボン)という言い方だった。地方都市などに行って、夜も十時くらいになると、もうレストランや飲み屋がみんな店じまいして、ディスコや映画館などはもともとないので、人通りもなくなり、退屈だったりすると、「あそこは十時を過ぎると、死んだズボンだ」などとみんな言う。なぜ、ズボンなのか分からないし、ズボンはもともと生きていないのになぜ死んだズボンなのか、といつも不思議に思っていた。

ドイツの地方都市に行って、夜、町に遊びに出ても遊ぶところがなかったら、ぜひ、「死んだズボン」という言葉を思い出して欲しい。

10　感じる意味

「官能」という日本語は、よく見ると不思議である。「官」は「警察官」の「官」、「能」は「能率」の「能」で、どちらも色気がない。しかし、両者がいっしょになると、官能的になってしまう。「官」と「能」は、ある働きを持つ、つかさどる、しとげる力などの意味を持つらしい。感覚器たちがそれぞれの役割を自覚して、一生懸命感知し続けているところを想像すると、官能的というのも、大変御苦労なことなのだなあと思ってしまう。

これと似た驚きを感じたのは、ドイツ語の sinnlich という単語の意味を考えてみた時だった。これは、官能的という意味の形容詞で、Sinn(感覚、意味)という名詞から派生しているが、同じ名詞から派生している sinnvoll とは全く意味が違う。sinnvoll は、目的に合った、理性的な、有意義なという意味で、日常的にもよく使われる。明日は休日だから列車の座席予約をしておいた方がいいとか、外国旅行をする時には普通の健康保険だけでは不足だから旅行保険にも入っておいた方がいいとか、そういう意味での有意義性が sin-

まったら、それを聞いた方は、ずいぶん想像力を働かせないと、どういう意味なのか理解できないだろう。

官能的という言葉は、日本では使われる分野がかなり限られている。ほとんど使われないと言っていいかもしれない。それに比べると、ドイツ語の sinnlich の方が普通に使われるように思う。そのため、残念ながら、だいぶ Sinnlichkeit(官能性)のイメージが商品化されてきているとも思う。観光旅行や化粧品の広告で、水着姿の人の肌に、海水の滴がたくさん浮かび上がっていて、そこに太陽が照りつけて、きらきら光っていて、当人は首を後ろにそらして、目をつぶって、唇をかすかに開いてなどいれば、このイメージにぴったりだ。毎日灰色の会社生活を送っている人に、sinnlich な時間を送ってみませんか、などと言えば、飛びついてくる。だから本来はかなり肉体的な快感を指してはいても、実際は、性的なものとは限らない。むしろ性的なものを暗示しながら、日光浴などの肌の快感、美食など舌の快楽を追求したものが多いように感じる。こういう風に性的なイメージを暗示して、入浴時の肌の快楽や美味しいものを食べる喜びを表現した広告は、日本にはほとんどないように思う。刺身に触れる舌を色気たっぷりに写すとか、温泉に入っている若い美しい男がうっとり自分の肌に視線をおとしているとかいう広告写真は見かけない。日本では入浴や食事の時にはむしろ濃厚な官能はうっとうしくて暑苦しく感じられるのか、清涼感を強調したさっぱりした広告が多い。

sinnvoll の反対が sinnlos、やっても仕方がない、無駄、という意味で、たとえば、定職にもつかないで誰にも認められない小説を書き続けている人は、家族や友人たちに、おまえはそんなことばかりやっていても全く意味がない、sinnlos だ、ちゃんとした仕事でも見つけた方がどれほどいいか分からない、と言って忠告されることがあるかもしれない。でも、本人にとっては書くことは誠に官能的喜びを与えてくれる sinnlich な体験であるかもしれないのだ。又、仕事もなく金もなく性格も不真面目だが性的魅力に溢れた遊び人に恋してしまった少女にとって、学校をさぼって二人で過ごす時間は sinnlich であるに違いないが、両親や先生はそういう行為が sinnvoll だとは決して言わないだろう。多分、sinnlos よりももっとひどい、Unsinn(馬鹿げたこと)、これと同じ意味だがもっときつい口語の罵倒語を使えば、Blödsinn(たわごと)だということになるだろう。

考えてみると、sinnlich な行為には、世間で sinnlos だと思われているものが多い。Sinngenuss(肉体の享楽)、Sinnlust(肉体の快楽)などは多くの宗教にとっては、sinnlos であるどころか、die Sünde(罪)である。今の社会では、小利口な市民たちは、快楽が経済生活の邪魔にならずむしろ励みになる程度に飼いならしてしまっているように思う。

意義があるとかないとか言うと理屈っぽく聞こえるが、それを決定するのは、感覚器(Sinnesorgan)である場合も多い。満たされた人生(sinnerfülltes Leben)などという言い方があるが、この場合のSinnはどっちの意味なんだと、わたしなどは意地悪く聞きたくなる。意義ある人生などというと立派だが、立派なことをしていても空しい感覚の中に取り残されることはある。Sinnに満たされているということに結局は客観的基準はなく、感覚もいっしょに働いていなければだめなのではないか。

Sinn(意味)は、社会的常識を通して確認するものではなく、自分のSinn(感覚)でとらえるものだと思う。その基本は感覚器にある。たとえば、ものを食べて美味しければ、食べたことが無駄だったとは感じないだろう。山に登って景色がよければ、又、音楽を聴いて気に入れば、その時に、人生に意味がないと感じる人はいないだろう。意味など探すのは、感覚が何も美味しいものを捕らえていない時なのかもしれない。それは消費生活が贅沢な方がいいということにはならない。どんなグルメの店に行っても美味しいと感じないことはよくある。不味いものを美味しく食べる人が勝ちである。美味しく感じるためには、文学その他、いろいろ勉強しなければならないこともあるだろう。実際は、動物的な舌が美味しいかどうかを決めるのではなくて、舌の感じたものが脳に運ばれ、その人のものの考え方とか経験とか気分などいろいろなものの網を通って、味が決まるのだろうと思う。

ついでに言えば、今、動物的という言葉を使ってしまったけれども、別に動物を差別しているわけではない。安物の缶詰めをやると嫌そうな顔をするうちの猫も、それを匙で口に入れてやれば喉を鳴らして食べる。

文学の言語では、sinnvoll なだけで sinnlich でない記述は困る。たとえば、主人公がなぜこれから伯母の家に行くのかということを説明するだけの文章は、いくら、粗筋を分からせるうえで有意義であっても、描写自体に言葉の快楽がなければ無駄である。sinnvoll なのは伝達で、sinnlich なのは表現であると言うこともできるかもしれない。言葉の快楽は詩だけの課題であって小説には必要ないと思っている人がいるがとんでもないことで、小説にもいろいろな意味で言葉そのものの快楽がなければ困るとわたしは思っている。

解説　「エクソフォニー」の時代

リービ英雄

まずは一人で読み、それから書評を書くためにもう一度読んだ。そのあとは、毎年、大学で教えている文学ゼミで読み返し、そしてまた一人で最初から読み直した。

そのつど、新しい発見があった。

その発見は、科学のそれのようにまったく新しい事実を見つけるものではなく、むしろ文学独自の「発見」、書かれるまでは誰でも漠然と気づいていた事柄を、はじめて表現という形で明るみに出す、ということなのである。

この時代の文学書で、これだけ、読み返すたびに新たな「発見」をさせてくれる本は他にあったのだろうか。

たぶん、この時代になって誰も一度は考えなければならない、と何となく気づいていた課題を、明瞭に、豊かにつづった本だから、刊行されたときに、「そくざに、現代の古典」という評価を得たのであった。

最初はただ不思議で、見なれない書名だった。「エクソフォニー」というカタカナの、元のアルファベットを思い浮べてみると、exit(出口、外へ向うところ)と、telephoneやphonographのphone(音、もしくは声)から「外へ出る声」だと分り、phoneがphonyに変ったところ、「外へ出る声」の、その状態なりその現象を意味しているのも、分った。そしてそのような現象が、批評用語という形で認められた、ということと、その中には言葉の表現に対する新しい認識がこめられているだろうということを、ぼくは直感することができた。

「エクソフォニー」という本を読み出すと、元の英語は「母語以外の言語で文学を書く」現象を指す用語としてすでに学問的に成立しているのを知った。本を読んだ後は、ある国際的な文学会議でぼくもexophonic writer、「エクソフォニー系の作家」として取り上げられることも経験した。しかし、exophonyを英語として理解したとき以上に、日本語のカタカナとしてはじめて目にしたときの方が鮮烈な気持ちになった。あの不思議なカタカナを見て、あれが、近代百年の末に、日本人としておそらくはじめて、本格的なバイリンガル作となった多和田葉子の書物の、「母語の外へ出る旅」を副題にもつ書名であると把握した瞬間、批評用語だけでは説明できない感慨を覚えた。「状態」よりも「旅」を想像し、その動きの記録の中には文学独自の発見があるだろう、という予感もしたのであった。

『エクソフォニー』を開くと、その第一章の最初のページには、それまでの日本語の作家が書いた文学論では見られなかったような一節がすぐに目に飛びこむ。

これまでも「移民文学」とか「クレオール文学」というような言葉はよく聞いたが、「エクソフォニー」はもっと広い意味で、母語の外に出た状態一般を指す。外国語で書くのは移民だけとは限らないし、彼らの言葉がクレオール語であるとは限らない。世界はもっと複雑になっている。

人間が母語ではなく外国語で書く。そのこと自体は昔からあった。しかし、そのことに対する理解、そのことを説明するにあたっての解釈は、「移民」や「クレオール」、あるいは「在日」、あるいは「ポストコロニアル」のように、政治や経済、つまり「外」的な要素をもってなされてきた。ソ連から亡命したロシア人、だから英語で書きだした。母国が大日本帝国に組みこまれた韓国人、だから日本語で書くようになった。経済移民としてドイツに渡ったトルコ人、だからドイツ語を書こうと思い立った。しかし、多和田葉子の

『エクソフォニー』は、その第一章の冒頭より、外国語によって自己表現や他者表現をつづる、つまり外国語で「文学」を創ろうとするその動機は、歴史的に、あるいは社会科学的に説明できないほどまずは多様となっていることを訴えて、その多様性にこそ表現の「現代」がうかがえる、とも説いているのである。

それはもちろん、日本人として生まれながら自らドイツ語で文学を創るようになり、その上でまた日本語でも小説を書きつづけてきた創作者が、「もっと複雑になっている」自らの経験にもとづいた宣言なのである。二十世紀末から二十一世紀はじめにかけての、一人の作家の移動と、同じ「現代」に世界中に顕著となった、さまざまなきっかけによる、「移民」とはとても限定できない人の移動を視野に入れた宣言は、だから迫力と、広がりがある。

『エクソフォニー』という本は、それから二〇〇ページ近く、異言語の内部に入りこんだ一人のバイリンガル作家が、世界各国を旅しながら、情熱的に、するどく、そしてユーモアを交じえながら、書きことばの表現の現状を点検し、そして幾度となく自らの言語体験に立ちもどる。各章におけるその主張はけっしてニュートラルではなく、党派的である。しかし、主張するその声には、母語にも異言語にも真摯に、そして徹底的に身をさらしてきた体験者ならではの、弾力性とやわらかさがある。

ドイツに渡ったばかりの頃は正直言って母語以外でものを書くことなどありえないと思っていた。しかし、五年もたつと、ドイツ語でも小説が書きたくなった。これは、抑えても抑えきれない衝動で、たとえ書くなと言われても書かずにはいられない。

「在日」でもなければ「帰国子女」でもない、つまり歴史的、あるいは社会的なバックグラウンドによってつき動かされたわけではなく、ただある種の自然なりゆきとして、もう一つの原語で、単なるエッセイや作文にとどまらず、小説を書きたくなった。それまでの多くの書き手にも読み手にも「ありえない」と考えられていたことが起った、と個人的な告白をする口調で、語ってくれる。「移民」も「亡命」も「迫害」もなく、ただもう一つの表現の可能性へと否応なしに動かされる、表現者独自の必然性がうかがえる。

そしてエクソフォニーの体験は、新しいシンフォニーに耳をかたむけることに喩えられる。異質な音階が実際に聞こえる。それを異民族の所有物であると考えないで、すなおに耳をかたむける。新しい音を習ったところで、ついに自分で奏でない理由は、実は何もない。

『エクソフォニー』という書物の醍醐味は、しかし、一人の日本人作家による「言葉の越境の告白」以上に、そのような体験に照らし合わせた、「母語」と「外国語」と「文学創作」をめぐる一流の批評性にある。

多和田葉子の批評は、世界中の言語に及び、そしてくり返し、近代の歴史の中の日本語のありようを対象としている。

ヨーロッパに在住する日本人という立場から、おそらく同時代のどんな文学者よりも洞察のきっかけをつかみ、それが故に、近代の日本語に付着してしまった西洋崇拝とナショナリズムという二つの偏見を取りのぞき、保守や懐古主義とは正反対方向の「日本語の生命」を浮び上らせる。コンプレックスと民族主義とスノビズムを解体した結果見えてくるのは、「美しい日本語」ではなく「生きている日本語」なのである。

それは森鷗外以来の百年の権威を取りのぞいたドイツ語の生命を書き手として自分のものにした人ならではの、等身大の批評なのである。

多和田葉子においては、「外へ出る旅」はけっして「向う」へたどりつけば終るような旅ではない。境をただ越えてしまうこと、ドイツへの到達もドイツ語の上達も、目的ではない。自分がたどってきた道程をふりかえって、「わたしは境界を越えたいのではなくて、境界の住人になりたいのだ、とも思った」という。二つの言語の間に生きることによって、日常的な言語感覚には危険も生じるが、コミュニケーションのマイナスが、うまく行けば逆にエクスプレッションのプラスに転じることもできる。

頭の中にある二つの言語が互いに邪魔しあって、何もしないでいると、日本語が歪み、ドイツ語がほつれてくる危機感を絶えず感じながら生きている。放っておくと、わたしの日本語は平均的な日本語以下、そしてわたしのドイツ語は平均的なドイツ人のドイツ語以下ということになってしまう。その代わり、毎日両方の言語を意識的かつ情熱的に耕していると、相互刺激のおかげで、どちらの言語も、単言語時代とは比較にならない精密さと表現力を獲得していくことが分かった。

そして一人の作家にとって、そのような表現力を極めれば「個々の言語が解体し、意味から解放され、消滅するそのぎりぎり手前の状態」がかいま見えて、最終的にそこに行き着きたいというエクリチュールの究極的な願望が生じるのである。

たとえ外国語で一行も書いたことのない人でも、母語の外へ一度出たかのごとくに、自分の書いている母語に対して意識的にならざるをえない。文学の書き手、文学の読み手なら誰しも何となく気づいているそのことの、「発見」の書は、やがては一つの現代のヴィジョンへと展開する。いくつもの母語が同等に存在する「多民族共生」のかなたに、何人もの人が、一人一人、異言語で話し出す空間なのである。「一人の人間が複数の声を持つ」ようになり、「いろいろな人がいるからいろいろな声があるのではなく、一人一人の中にいろいろな声があるのである」。

まるで散文詩の中から批評がにじみ出るような、多和田葉子の文章は、現代の日本語の一つの奇跡である。日本語に限らず、複雑になっている世界をここまで鮮明に描いた文章は、他にあるのだろうか。

（作家）

本書は二〇〇三年八月、岩波書店より刊行された。

著作リスト

[日本で出版された本]

『三人関係』(講談社, 1992年. 第34回群像新人文学賞受賞作「かかとを失くして」所収)

『犬婿入り』(講談社, 1993年. 講談社文庫, 1998年. 第108回芥川賞受賞作「犬婿入り」所収)

『アルファベットの傷口』(河出書房新社, 1993年.『文字移植』と改題し, 1999年, 河出文庫)

『ゴットハルト鉄道』(講談社, 1996年)

『聖女伝説』(太田出版, 1996年)

『きつね月』(新書館, 1998年)

『飛魂』(講談社, 1998年)

『ふたくちおとこ』(河出書房新社, 1998年)

『カタコトのうわごと』(青土社, 1999年)

『ヒナギクのお茶の場合』(新潮社, 2000年. 泉鏡花賞)

『光とゼラチンのライプチッヒ』(講談社, 2000年)

『変身のためのオピウム』(講談社, 2001年)

『球形時間』(新潮社, 2002年. Bunkamura ドゥマゴ文学賞)

『容疑者の夜行列車』(青土社, 2002年. 伊藤整文学賞, 谷崎潤一郎賞)

『エクソフォニー —— 母語の外へ出る旅』(岩波書店, 2003年)

『旅をする裸の眼』(講談社, 2004年)

『傘の死体とわたしの妻』(思潮社, 2006年)

『海に落とした名前』(新潮社, 2006年)

『アメリカ —— 非道の大陸』(青土社, 2006年)

『溶ける街 透ける路』(日本経済新聞出版社, 2007年)

『ボルドーの義兄』(講談社，2009 年)
『尼僧とキューピッドの弓』(講談社，2010 年．紫式部文学賞)
『雪の練習生』(新潮社，2011 年．野間文芸賞)
『雲をつかむ話』(講談社，2012)

[ドイツで出版された本]
Nur da wo du bist da ist nichts, 1987
Das Bad, 1989
Wo Europa anfängt, 1991
Ein Gast, 1993
Die Kranichmaske, die bei Nacht strahlt, 1993
Tintenfisch auf Reisen, 1994
Talisman, 1996
Aber die Mandarinen müssen heute abend noch geraubt werden, 1997
Wie der Wind im Ei, 1997
Verwandlungen, 1998
Orpheus oder Izanagi/Till, 1998
Opium für Ovid, 2000
Überseezungen, 2002
diagonal (CD mit Aki Takase), 2002
Das nackte Auge, 2004.
Was ändert der Regen an unserem Leben?, 2005
Sprachpolizei und Spielpolyglotte, 2007
Schwager in Bordeaux, 2008
Abenteuer der deutschen Grammatik, 2010
Fremde Wasser, 2012

以上，すべて Konkursbuchverlag (Tübingen) より．

エクソフォニー ―母語の外へ出る旅

2012年10月16日　第1刷発行
2025年7月4日　第13刷発行

著　者　多和田葉子《たわだようこ》

発行者　坂本政謙

発行所　株式会社　岩波書店
〒101-8002 東京都千代田区一ツ橋2-5-5

案内 03-5210-4000　営業部 03-5210-4111
https://www.iwanami.co.jp/

印刷・精興社　製本・中永製本

ISBN 978-4-00-602211-2　Printed in Japan

岩波現代文庫創刊二〇年に際して

二一世紀が始まってからすでに二〇年が経とうとしています。この間のグローバル化の急激な進行は世界のあり方を大きく変えました。世界規模で経済や情報の結びつきが強まるとともに、国境を越えた人の移動は日常の光景となり、今やどこに住んでいても、私たちの暮らしは世界中の様々な出来事と無関係ではいられません。しかし、グローバル化の中で否応なくもたらされる「他者」との出会いや交流は、新たな文化や価値観だけではなく、摩擦や衝突、そしてしばしば憎悪までをも生み出しています。グローバル化にともなう副作用は、その恩恵を遥かにこえていると言わざるを得ません。

今私たちに求められているのは、国内、国外にかかわらず、異なる歴史や経験、文化を持つ「他者」と向き合い、よりよい関係を結び直してゆくための想像力、構想力ではないでしょうか。

新世紀の到来を目前にした二〇〇〇年一月に創刊された岩波現代文庫は、この二〇年を通して、哲学や歴史、経済、自然科学から、小説やエッセイ、ルポルタージュにいたるまで幅広いジャンルの書目を刊行してきました。一〇〇〇点を超える書目には、人類が直面してきた様々な課題と、試行錯誤の営みが刻まれています。読書を通した過去の「他者」との出会いから得られる知識や経験は、私たちがよりよい社会を作り上げてゆくために大きな示唆を与えてくれるはずです。

一冊の本が世界を変える大きな力を持つことを信じ、岩波現代文庫はこれからもさらなるラインナップの充実をめざしてゆきます。

（二〇二〇年一月）

岩波現代文庫［文芸］

B333
六代目圓生コレクション
寄席育ち
三遊亭圓生
圓生みずから、生い立ち、修業時代、芸談、噺家列伝などをつぶさに語る。綿密な考証も施され、資料としても貴重。〈解説〉延広真治

B334
六代目圓生コレクション
明治の寄席芸人
三遊亭圓生
圓朝、圓遊、圓喬など名人上手から、知られざる芸人まで。一六〇余名の芸と人物像を、六代目圓生がつぶさに語る。〈解説〉田中優子

B335
六代目圓生コレクション
寄席楽屋帳
三遊亭圓生
『寄席育ち』以後、昭和の名人として活躍した日々を語る。思い出の寄席歳時記や風物詩も収録。聞き手・山本進。〈解説〉京須偕充

B336
六代目圓生コレクション
寄席切絵図
三遊亭圓生
寄席が繁盛した時代の記憶を語り下ろす。各地の寄席それぞれの特徴、雰囲気、周辺の街並み、芸談などを綴る。全四巻。〈解説〉寺脇研

B337
コブのない駱駝
―きたやまおさむ「心」の軌跡―
きたやまおさむ
ミュージシャン、作詞家、精神科医として活躍してきた著者の自伝。波乱に満ちた人生を自ら分析し、生きるヒントを説く。鴻上尚史氏との対談を収録。

2025. 6

岩波現代文庫［文芸］

B338-339
ハルコロ (1)(2)
石坂　啓漫画
本多勝一原作
萱野　茂監修

一人のアイヌ女性の生涯を軸に、日々の暮らしや祭り、誕生と死にまつわる文化など、アイヌの世界を生き生きと描く物語。〈解説〉本多勝一・萱野茂・中川裕

B340
ドストエフスキーとの旅
―遍歴する魂の記録―
亀山郁夫

ドストエフスキーの「新訳」で名高い著者が、生涯にわたるドストエフスキーにまつわる体験を綴った自伝的エッセイ。〈解説〉野崎歓

B341
彼らの犯罪
樹村みのり

凄惨な強姦殺人、カルトの洗脳、家庭内暴力と息子殺し……。事件が照射する人間と社会の深淵を描いた短編漫画集。〈解説〉鈴木朋絵

B342
私の日本語雑記
中井久夫

精神科医、エッセイスト、翻訳家でもある著者の、言葉をめぐる多彩な経験を綴ったエッセイ集。独特な知的刺激に満ちた日本語論。〈解説〉小池昌代

B343
ほんとうのリーダーのみつけかた 増補版
梨木香歩

誰かの大きな声に流されることなく、自分自身で考え抜くために。選挙不正を告発した少女をめぐるエッセイを増補。〈解説〉若松英輔

岩波現代文庫[文芸]

B344
狡智の文化史
―人はなぜ騙すのか―
山本幸司

嘘、偽り、詐欺、謀略……。「狡智」という厄介な知のあり方と人間の本性との関わりについて、古今東西の史書・文学・神話・民話などを素材に考える。

B345
和の思想
―日本人の創造力―
長谷川櫂

和とは、海を越えてもたらされる異なる文化を受容・選択し、この国にふさわしく作り替える創造的な力・運動体である。〈解説〉中村桂子

B346
アジアの孤児
呉濁流

植民統治下の台湾人が生きた矛盾と苦悩を克明に描き、戦後に日本語で発表された、台湾文学の古典的名作。〈解説〉山口守

B347
小説家の四季
1988―2002
佐藤正午

小説家は、日々の暮らしのなかに、なにを見つめているのだろう――。佐世保発の「ライフワーク的エッセイ」、第1期を収録!

B348
小説家の四季
2007―2015
佐藤正午

『アンダーリポート』『身の上話』『鳩の撃退法』、そして……。名作を生む日々の暮らしを軽妙洒脱に綴る「文芸的身辺雑記」、第2期を収録!

2025.6

岩波現代文庫［文芸］

B349
増補 もうすぐやってくる尊皇攘夷思想のために　加藤典洋
幕末、戦前、そして現在。三度訪れるナショナリズムの起源としての尊皇攘夷思想に向き合うために。晩年の思索の増補決定版。〈解説〉野口良平

B350
大きな字で書くこと／僕の一〇〇〇と一つの夜　加藤典洋
批評家・加藤典洋が自らを回顧する連載を中心に、発病後も書き続けられた最後のことばたち。没後刊行された私家版の詩集と併録。〈解説〉荒川洋治

B351
母の発達・アケボノノ帯　笙野頼子
縮んで殺された母は五十音に分裂して再生した。母性神話の着ぐるみを脱いで喰らってウンコにした、一読必笑、最強のおかあさん小説が再来。幻の怪作「アケボノノ帯」併収。

B352
日没　桐野夏生
海崖に聳える〈作家収容所〉を舞台に極限の恐怖を描き、日本を震撼させた衝撃作。「その恐ろしさに、読むことを中断するのは絶対に不可能だ」(筒井康隆)。〈解説〉沼野充義

B353
新版 一陽来復 ―中国古典に四季を味わう―　井波律子
巡りゆく季節を彩る花木や風物に、中国古典詩文の鮮やかな情景を重ねて、心伸びやかに生きようとする日常を綴った珠玉の随筆集。〈解説〉井波陵一

2025. 6

岩波現代文庫[文芸]

B360
かなりいいかげんな略歴
—エッセイ・コレクションⅠ 1984-1990—
佐藤正午

デビュー作『永遠の1/2』受賞記念エッセイである表題作、初の映画化をめぐる顚末記「映画が街にやってきた」など、瑞々しく親しみ溢れる初期作品を収録。

B361
佐世保で考えたこと
—エッセイ・コレクションⅡ 1991-1995—
佐藤正午

深刻な水不足に悩む街の様子を綴った表題作のほか、「ありのすさび」「セカンド・ダウン」など代表的な連載エッセイ群を収録。

B362
つまらないものですが。
—エッセイ・コレクションⅢ 1996-2015—
佐藤正午

『Y』から『鳩の撃退法』まで数々の傑作を著した壮年期の、軽妙にして温かな哀感漂うエッセイ群。文庫初収録の随筆・書評等を十四編収める。

B363
母の恋文
—谷川徹三・多喜子の手紙—
谷川俊太郎編

大正十年、多喜子は哲学を学ぶ徹三と出会い、手紙を通して愛を育む。両親の遺品から編んだ、珠玉の書簡集。〈寄稿〉内田也哉子

B364
子どもの本の森へ
河合隼雄
長田弘

子どもの本の「名作」は、大人にとっても重要な意味がある! 稀代の心理学者と詩人が縦横無尽に語る、児童書・絵本の「名作」ガイドの決定版。〈解説〉河合俊雄

岩波現代文庫[文芸]

B365
司馬遼太郎の「跫音」
関川夏央
司馬遼太郎とは何者か。歴史小説家として、また文明批評家として、歴史と人間の物語をまなざす作家の本質が浮き彫りになる。

B366
文庫からはじまる
―「解説」的読書案内―
関川夏央
残された時間で、何を読むべきか? 迷ったときには文庫に帰れ! 読むぞ愉しき。「解説の達人」が厳選して贈る恰好の読書案内。

B367
物語の作り方
ガルシア＝マルケスのシナリオ教室
G・ガルシア＝マルケス
木村榮一訳
おもしろい物語はどのようにして作るのか? 稀代のストーリーテラー、ガルシア＝マルケスによる実践的〈物語の作り方〉道場!

B368
自分の感受性くらい
茨木のり子
自分の感受性くらい/自分で守れ/ばかものよ――。もっとも人気のある詩人による、現代詩の枠をこえた名著。〈解説〉伊藤比呂美

B369
歳月
茨木のり子
亡夫に贈る愛の詩篇。女性としての息づかいが濃厚に漂う、没後刊行にして詩人の新生面を拓く、もう一つの代表作。〈解説〉小池昌代

2025.6

岩波現代文庫[文芸]

B370

『三国志』を読む

井波律子

日中両国で今も読みつがれる三国志の物語。その原点である正史をひもとき、史実の中に英雄たちの真の姿を読む。〈解説〉井波陵一

2025.6